目次

拙者、妹がおりまして①

この作品は双葉文庫のために書き下ろされました。

第一話　つき屋始末

一

「もうっ、兄上さま、聞いてください」

からころと軽やかな下駄《げた》の音がしたかと思うと、千紘《ちひろ》が矢島《やじま》道場の離れへ駆け込んできた。

うららかな昼下がりのことだ。まだ明けきらぬ梅雨《つゆ》の合間に、すがすがしく晴れた一日である。

勇実《いさみ》は、六つ年下の妹に渋面《じゅうめん》をこしらえてみせた。

「何だ、騒々しい。こっちはまだ手習いの最中だぞ」

矢島道場の離れは、近所の子供らが通ってくる手習所《てならいじょ》である。勇実は、この手習所の師匠を務《つと》めている。

二部屋並んだ六畳間は庭に面した縁側を備《そな》え、障子を開け放てば、とても明るい。風の通りがよいから、夏場も存外、過ごしやすいものだ。

おおかたの筆子《ふでこ》はすでに帰ってしまった。のんびり屋の白太《しろた》だけが一人残っている。

白太は千紘のほうを向いて、にっと笑ってみせた。先日抜けたばかりの左の前歯が、まだ空っぽのままだ。

千紘は頰《ほお》に手を当てた。

「まあ。ごめんなさい、お邪魔してしまって」

庭のほうから笑い声がした。矢島道場の跡取りである龍治《りゅうじ》である。龍治は、稽古着姿《けいこぎ》に木刀を担《かつ》いだ格好で、手習所の縁側に腰掛けた。

「千紘さんは相変わらずだな。せっかちというか、騒々しいというか」

「龍治さんに言われたくありません。わたしだって、お行儀よくするときはちゃんとしています。今は、それどころではないのですもの」

「はいはい、手習所ではお静かに。おう、白坊。いろはがずいぶん上手に書けるようになったな」

龍治の言葉ににっこりしたのは、白太だけではなかった。勇実の頰もつい緩《ゆる》む。

書き取りでもそろばんでも、白太はどうしても皆より時間がかかる。今までいくつかの手習所で師匠に見放され、たらい回しにされてしまったそうだ。

この子は頭が悪いと、白太の親は何かにつけて言う。白太の家は版木屋《はんぎや》なので、我が子が字を覚えられず金勘定《かねかんじよう》もうまくないとなると、じれったくて仕方がないのだろう。

しかし勇実は、白太の秀《ひい》でたところを見出《みいだ》している。この子は決して愚《おろ》かなどではないと、勇実は知っているのだ。

白太は虫が好きだ。虫の名前を書き取りの手本にしてやったら、根気よく、書き取りの稽古ができるようになった。いろはを上手に書けるようになるまで、あと一歩だ。

勇実は千紘に告げた。

「先に屋敷のほうに戻って、茶の支度をしておいてくれ。喉《のど》が渇いてしまった。いただきものの甜瓜《まくわうり》があるぞ」

「わかりました。白太ちゃんが書き取りを終えたら、すぐに戻ってきてくださいね。一刻を争うかもしれないお話なのです」

「ああ、心得た。あと少しだから、とにかく静かにしてくれ。龍治さんもだ。うちの筆子たちは龍治さんがいると、遊びたくなってそわそわしてしまう」

「違いねえ。じゃあ、俺は退散するぜ。行くぞ、千紘さん」

龍治にぽんと肩を叩かれ、千紘は膨《ふく》れっ面《つら》で屋敷のほうへ向かっていった。

今日はずいぶんと日差しがまばゆく、庭木の影がくっきりと濃い。気の早い蟬《せみ》が今朝方、鳴き始めた。草いきれの匂いがする。

文政《ぶんせい》四年（一八二一）の五月の終わりである。

もうすぐ梅雨が明けて暑くなるのだ。

白瀧《しらたき》家は、家禄三十俵二人扶持《ぶち》の御家人《ごけにん》である。ご公儀のお役には就《つ》いていない。勇実と千紘の父、今は亡き源三郎《げんざぶろう》の代に小普《こぶ》請入《しんい》りをした。

源三郎は十三年前に妻を亡くし、十二年前に支配勘定《しはいかんじょう》のお役を返上して、小普請組の屋敷が並ぶ本所《ほんじょ》へ、子供二人と女中一人を連れて越してきた。暮らしの足しにと手習所を営《いとな》むようになったのも、源三郎である。

本所の屋敷は手狭だった。源三郎と勇実と千紘の親子三人に、古くから白瀧家で働いている女中のお吉《きち》が住むので精いっぱいだ。

手習所は、白瀧家と境を接した矢島家の離れを使わせてもらっている。矢島家は剣術道場を営んでおり、白瀧家とは家ぐるみの親しい付き合いである。

白瀧家と矢島家、両家の境にはむろん垣根《かきね》が設《もう》けられているが、あってなきがごとしだ。垣根の木戸は五年ほど前の嵐の折に壊れ、そのまま開けっぱなしになっている。

源三郎は三年ほど前に病《やまい》で逝《い》った。風邪《かぜ》をこじらせたと思ったら、最期はあっさりとしたものだった。

今は、二十三になった勇実が、子供たちの師匠を務めている。

勇実が白太を見送って屋敷に戻ると、陰になった東の縁側で、龍治が当たり前の顔をしてくつろいでいた。

戻ったぞ、と勇実は奥に声を掛けた。

待ち構えていた様子の千紘が、せかせかとお茶の盆を運んできた。

「ご苦労さまです、兄上さま。はい、お茶。瓜も今、召し上がります？　後でもよろしゅうございますか。よろしいでしょう」

「一息入れさせてもらえないのか」

「今はお茶だけにしてください。さっきも言いましたけれど、一刻を争うかもしれないのです」

「子供たちの相手をしてくたびれている兄を、かわいい妹は、優しくいたわってくれるものではないのか」

龍治は茶をすすり、勇実の肩を叩いた。

「ごねても無駄だ、勇実さん。とにかく、さっさと千紘さんの話を聞こうぜ」

勇実はため息をつき、話してみろと千紘を促《うなが》した。千紘は前のめりになってまくし立てた。

「今日はわたし、兄上さまの言いつけどおり、日本橋《にほんばし》の書物問屋に行ってまいりました。その帰りに、つき屋さんに寄ったのです。薬研堀《やげんぼり》にある、煮売屋《にうりや》のつき屋さん。夏野菜が出回り始めたから、今日のお菜《さい》は何かしらと思って」

「ああ、つき屋の料理はうまいな」

勇実のあいづちに、龍治もうなずいた。

「あの店の親父はおっかねえがな。ぎょろっとした目で睨《にら》んでくるんだから」

千紘は小首をかしげた。

「おっかないかしら。あまりしゃべらないし、めったに笑わないだけで、お客さんのことをよく見ている親切なおじさまだわ」

「そんなことを言うのは千紘さんだけだぞ。つき屋の親父の無愛想《ぶあいそう》は、うちの門下生の間でも有名だ。山蔵《やまぞう》親分の縄張りがあのへんだからな。親分が道場に顔を出すたびに、つき屋の親父は相変わらず怖い顔をしていると、話に聞いてるぞ」

千紘は目を輝かせた。

「そうだわ、山蔵親分が頼りになるわね。龍治さん、山蔵親分を呼び出してください。そしたら、つき屋さんを守れるかもしれない」

勇実は眉《まゆ》をひそめた。

「目明《めあ》かしの親分を呼び出さなければならないほどの大事だというのか」

「そうなのです。つき屋さん、脅《おど》されているのです。わたしがお店に入ろうとしたとき、ちょうど入れ違いになって出ていこうとする人たちがいて、捨て台詞《ぜりふ》を吐いていったんです。明日の夕方までに必ず十両用意しろって」

「十両とは大金だな。借金取りか？」

「違います。脅されているって言ったじゃありませんか。わたし、少しだけ事情を聞いてきたけれど、つき屋さんがお金を払う必要なんてこれっぽっちもないと思ったわ」

「脅されているというのは、誰に？」

「名前も顔も知らない人たちでした。言葉遣《づか》いが乱暴だったから、元助《もとすけ》ちゃんが怖がって泣き出してしまったの。元助ちゃんのこと、兄上さまも知っているでしょう。つき屋のおじさまの一人息子で、まだ十一なのにしっかり者の元助ちゃん」

勇実はうなずいた。出不精《でぶしょう》なりに、つき屋へは顔を出すことがある。

元助は七つの頃から店をちょろちょろしていた。ちょうどその時分、つき屋の親父は女房に出ていかれたのだ。元助は、親父のもとに置いていかれてしまった。

客は幼《おさな》い元助を不憫《ふびん》がり、あれやこれやとかまってやった。それがほんの数年で、元助はすっかり働き者に育ち上がった。体はまだ小さいものの、酒飲みの客を相手にしても、危なっかしいところが少しもない。

そんな常日頃の元助を知っているから、勇実は訝《いぶか》しく思った。

「元助は肝《きも》の据《す》わった子だ。世間慣れして、どんな客が来ても、しっかりした受け答えができる。そんな子が、怖がって泣き出しただと？」

「元助ちゃんらしくないでしょう。だからわたし、心配で」

「なぜ泣いたのか、きちんと聞いてこなかったのか」

「もちろん尋ねました。でも、千紘さんには教えたくないって、元助ちゃんから言われてしまったの。わたし、嫌われたのかしら」

「いや、たぶんそうではない。元助も男だ。女に泣き顔を見られては面目が潰れると思った。だから千紘には言えなかったんだろう」

「元助ちゃんはまだ幼いでしょう」

「あの年頃になれば、十分に男だ。親父と二人で暖簾《のれん》を守っている矜持《きょうじ》もあるだろう。幼子扱いしてやるなよ」

「はい、わかりました。でも、元助ちゃんたちが脅されて困っていたことには違いありません。力になってあげたいのですけれど」

「そうだな。つき屋に何があったというのだろう」

龍治は懐手《ふところで》をして、ため息をついた。

「千紘さんは人を悪《あ》しざまに言いたがらないから話が見えにくいが、つまるところ、つき屋はごろつきにいちゃもんをつけられたんだろう。連中の手口から考えると、無茶な借金を吹っ掛けて、払えなけりゃ元助を連れていくとでも脅したんじゃないか？」

千紘は目を丸くした。

「元助ちゃんを連れていくですって？」

「間違ってないと思うぜ。俺の勘だけどさ」

勇実は茶を飲み干した。ほどよくぬるい茶に喉は潤《うるお》ったが、香りも味もわからなかった。

「龍治さんの勘は当たる。本当にそのとおりなら、気分の悪い話だ」

「どうするんだ、勇実さん。千紘さんは今にも飛んでいっちまいそうだが」

「千紘ひとりで首を突っ込むのはまずい。それに、子供が危うい目に遭《あ》うかもしれんとなると、やはり放ってはおけないな」

すかさず立ち上がった千紘は、勇実の腕をつかんで引っ張った。

「兄上さま、ありがとうございます。さあ、そうと決まったら一刻も早く、つき屋さんへ行ってお話をうかがいましょう」

二

千紘は、女にしては足が速い。紅鼠色《べにねずいろ》の裾《すそ》を押さえ、半ば駆けるように、勇実と龍治の前を、せかせかと足を交《か》わして進んでいく。

本所相生町《あいおいちょう》の屋敷を出て西へ向かった。

回向院《えこういん》のそばを通り、にぎやかな両国橋《りょうごくばし》を渡ると、橋の西詰に掘られた運河が薬研堀だ。つき屋はそのすぐそばにある。ここいら一帯は、運河の名と同じ薬研堀と呼ばれている。

つき屋の店構えは大きくない。小上がりもなく、床几《しょうぎ》が店内に三つ、外に一つ置かれているだけだ。一杯引っ掛けていく男客より、千紘のようにお菜を買って帰る女客のほうが多いかもしれない。

勇実が、おや、と思ったことに、つき屋の暖簾はいつものとおり出ていた。鳶《とび》らしき二人連れが表の床几に腰掛け、油揚《あぶらあ》げと菜《な》っ葉《ぱ》をさっと炒《いた》めたものをつまみに酒を呷《あお》っている。それもいつもの光景である。

千紘は、開けっぱなしの戸をくぐりながら声を掛けた。

「ごめんください。おじさま、さっきのこと、どうなりました？」

店の中は熱気がこもっていた。床几は客で埋まり、座れずにあぶれた者まで押し合いへし合いしている。

つき屋の親父は厨《くりや》に立っていた。年は四十ほどだ。目はぎょろりとし、頬にはねじれた傷がある。恐ろしげな印象が勝《まさ》るが、その実、親父の細面《ほそおもて》の顔立ちは見事に整っている。

親父の顔を見て、勇実は名を思い出した。

「昭兵衛《あきべえ》さん。千紘がたびたびお世話になっています。何か厄介《やっかい》なことが起こったと、千紘から聞いたのですが」

親父の昭兵衛が返事をするより先に、前掛け姿の元助が、奥からぱっと駆けてきた。

「お騒がせして、すみません。お客さんたちみんなに心配をかけちまって、大騒ぎだなあ。どうしよう、お父《と》っつぁん」

元助のまだ幼く高い声は、涙を流したときのしわがれ方をしていた。目元も赤く腫《は》れている。明るく取り繕《つくろ》っているのが、かえって痛々しい。

千紘は背を屈《かが》め、元助の顔をのぞき込んだ。

「元助ちゃん、落ち着いたかしら」

「はい。おいらはもう平気。店が壊されたわけでもないし。千紘さんに心配かけちまったね。ごめんなさい」

「心配するのは当たり前だわ。でも、お金を払えと言われていたでしょう。明日の夕方までに用意しろって。どうするのですか。もしも払うことができなかったら……」

千紘が言いかけたところで、昭兵衛がぶっきらぼうな声を張り上げた。

「大したことにゃあなりやせん。これは、お客さんには関わりのねえことだ。千紘さんも首を突っ込まないでくだせえよ」

常連客がわっと立ち上がり、各々《おのおの》言い立てた。男の声、女の声に、高い声、低い声と入り交《い》じり《ま》、うるさいばかりで何が何やら聞き取れない。

昭兵衛はうんざりした顔になると、鉄鍋《てつなべ》と火箸《ひばし》を手にした。元助がすかさず両耳をふさぐ。昭兵衛は火箸で鉄鍋を打った。がらんがらんと、耳から脳天に突き抜ける音が店いっぱいに鳴り渡る。

さすがに口を閉ざした常連客をじろりと睨み回し、昭兵衛はぼそりとつぶやいた。

「大したことにゃならねえと言ってるだろう。大したことなんぞできる野郎じゃねえんだよ、あいつは」

福々しい体格の三十路《みそじ》ほどの女が、ずいと進み出た。

「昭兵衛さん、あんた、見かけによらず人が好《よ》すぎるよ。あたしだって、あの坊ちゃんのことは知ってるよ。でも、もう信用ならないと思うけどね。あの坊ちゃんったら、付き合う相手から髪形から着物から、何もかも変わっちまったじゃないか」

千紘は小首をかしげた。

「おしまさん、さっき脅していった人たち、知り合いなのですか」

「あら、千紘さんもさっきのやつらを見たんですか。あいつらはねえ、若いごろつきの連中で、近頃だんだん嫌な感じになってきたんですよ。昭兵衛さんが庇《かば》っているのは、その中の一人でね」

昭兵衛が舌打ちをしたので、おしまはちょっと首を引っ込めた。鉄鍋を構えた昭兵衛の腕に、元助が飛びついた。

「お父っつぁん、その音はやめて。お隣の婆ちゃんに、また怒られちまうよ」

つき屋の隣は、老夫婦が営む豆腐屋《とうふや》である。つき屋でも、出来立ての豆腐をよく酒のつまみに出している。豆腐屋の爺さんが昼間からつき屋でくだを巻いていることもある。

昭兵衛が鍋を下ろすと、おしまは早口で暴露《ばくろ》した。

「見田《みた》さまのところの徳次郎《とくじろう》さんって、千紘さんは知りませんかね」

「いえ、お会いしたことはないと思います」

「見田さまは御家人で、まあ、つき屋にたびたび顔を見せるお人なんで、そう偉くはないんでしょうけど。徳次郎さんは、そこの次男坊なんですよ。ちょっと前まで、素直でかわいらしい坊やだったのに」

龍治が先回りして言った。

「その徳次郎が様変わりして、ごろつきと一緒にやって来たのか。いちゃもんをつけて、金を寄越せと脅してきたんだろう」

「そう、そうなんですよ。あたしゃ、あのとき店の中にいたんですけどね。表からいきなり大声が聞こえてきたんです。怪我《けが》しちまった、この餓鬼《がき》がぶつかってきやがったせいだ、痛い痛い、どうしてくれるんだって」

「元坊がごろつきに怪我をさせたって？　そりゃ無茶だ」

「ひどい言いがかりでしょ。元助ちゃんも一生懸命に謝ったのに、あいつら、本当に調子に乗っていてね。医者にかかる金を払えって、目ん玉を引《ひ》ん剝《む》いて迫ってきたんです。払えねえんなら元助ちゃんを連れていくって」

そのときのことを思い出したのか、元助が体を硬くした。元助の顔からはすっかり血の気が引いている。もしも連れていかれれば、その先に何が待ち構えているか、世間慣れした元助には、思い描くことができてしまうのだ。

勇実は胸が痛んだ。元助の前に膝《ひざ》を突き、静かな声で説《と》いた。

「助けを求めるべきだ。うちの筆子たちにも、人さらいには気をつけろと重々言って聞かせている。恐ろしい目に遭うのは女の子に限らない。男の子だからこそ、口をつぐまざるを得ないことだってある」

元助はうつむいた。長いまつげが頬に影を落とした。

父親の昭兵衛に輪をかけて、元助は顔立ちが整っている。ただの煮売屋の子、しかも男の子とは信じられないほどに色が白く、ふっくらとした唇《くちびる》が赤い。

千紘は胸の前で拳《こぶし》を固めた。

「元助ちゃんを連れていくだなんて、絶対に許せません。そもそも、怪我をしたというのがおかしいでしょう。元助ちゃんとぶつかっただけで、それほどの大怪我になるはずがないもの。何もかもが許せないわ」

おしまは厨のほうへ身を乗り出した。

「昭兵衛さん、やっぱりさ、今から番所《ばんしょ》へ相談に行くんだよ。ごろつきをとっちめてもらわないと、元助ちゃんが安心できないじゃないか」

だが、昭兵衛は、頑《かたく》なな表情のまま目を細めるばかりだ。常連客の中でいちばん身なりのいい老人が、ずいと昭兵衛に迫った。

「それともおまえさん、金を用意してやるのかい？　十両だ何だと言っていただろう」

「十両ですって？」

「そうだよ、千紘さん。そんな大金、無茶ってもんだろう。なあ、昭兵衛さんや。おまえさんにゃ出せないだろう。出ていった嫁さんを頼るかね。芸者なんだろう。年増だが気っ風《きぷ》がいいってんで、羽振りがいいそうじゃないか」

昭兵衛は、皆まで言わせなかった。料理人の分厚い平手が俎板《まないた》を叩いた。

「出ていってくれ。御託《ごたく》は聞きたくねえ」

怒鳴ったわけではない。むしろ静かな声だった。しかし、ぎょろりとした眼光は凄《すさ》まじかった。

店に詰めかけていた常連客は顔を見合わせた。不安げな者、鼻白《はなじろ》む者、反発したそうな者、いろんな顔があったが、昭兵衛は駄目押しの一言を放った。

「誰も何も食ってねえな。ここは飯を食うための店だ。腹の膨れている連中は皆、とっとと帰れ」

おしまが踵《きびす》を返した。

「ああもう、仕方ないね。ほら、皆、出ていくよ。昭兵衛さんがこうなっちまったら、話なんか聞いちゃもらえないんだから」

おしまを筆頭に、店にいた者たちはぞろぞろと帰っていく。

勇実もつい、流れに乗ろうとした。が、千紘につかまり、店に連れ戻された。

「兄上さま、放っておけないでしょう」

「しかし、私に何ができる？　こういうことは番所に……」

「何ができるか、一緒に考えてください。元助ちゃんが危ないのですよ。兄上さまの手習所に通ってくる筆子ちゃんたちだって、危なくなるかもしれないのですよ。どうして人任せにして知らんぷりができるというのですか」

千紘は小さな拳を固めて、勇実にぐいぐい迫ってくる。勇実は困り果て、龍治に目配せをした。助けてくれ、と無言の訴えである。

龍治は己の腰に差した刀をぽんとはたいた。龍治の大小は木刀だ。よほど畏《かしこ》まった格好をするときでなければ、実用の得物として木刀を差している。

「俺に任せとけ。ごろつきをとっちめるんなら山蔵親分にわけを話して来てもらおうじゃねえか。もちろん、悪党退治は人任せになんかしねえ。勇実さんにも手伝ってもらうぜ」

「何がもちろんなんだ。私では力不足だ」

「馬鹿を言うなよ。矢島道場の門下生の中でいちばん剣技が冴《さ》えるのは、勇実さんなんだぜ。生まれ持った筋がいいんだろうな」

「でも、近頃は稽古が足りていない」

千紘は、ぱしんと勇実の背中を叩いた。

「弱腰になっている場合ではないでしょう、兄上さま。龍治さんと一緒に、力を貸してください。兄上さまだって、子供を連れ去ってしまう悪党を野放しにはできませんよね？」

「それはそうだが」

勇実は厨の昭兵衛を見た。昭兵衛はぎょろりと勇実を睨み返した。帰ってくれと、その目は告げているのだろうか。それとも、助けてくれと望んでいるのだろうか。

昭兵衛は、ぷいと顔を背《そむ》けて厨を離れた。勇実たちの脇を通り過ぎ、表に出る。表の床几でくだを巻いていた鳶たちに声を掛けたようだ。昭兵衛は、酒代とおぼしき小銭を握り、後ろ手に戸を閉めて戻ってきた。

急に静かになってしまった。

いや、音そのものはある。戸の向こうからは人混みのにぎわいが伝わってくる。ただ、夢とうつつの境を隔《へだ》てているかのように、表の呑気《のんき》な喧騒《けんそう》がひどく遠く感じられるのだ。

動いたのは元助だった。元助は昭兵衛の腕にすがった。

「お父っつぁん、ごめんね。おいらが気をつけてなかったから、こんな大変なことになっちまった」

昭兵衛は床几に腰掛けた。床几が、ぎしりと軋《きし》んだ。

「元助、おめえが気に病《や》むな。おめえのせいじゃあねえ。きっと、はなっから目をつけられていたのさ。心当たりはねえが、まあ、どうせ向こうの身勝手な都合だろう。そんなもんだよ。若さに任せて悪さしたい盛りの馬鹿どもってのはよ」

千紘は眉をひそめた。

「おじさま、どうしてそんなことを。心当たりがないと言いながら、相手のことがわかっているみたい」

昭兵衛は唇を歪《ゆが》めた。笑ったのだ。頬のねじれた傷を指差した。

「昔、いろいろとあったんでさあ。お天道《てんと》さまの下では白状できねえような、いろいろがね」

「まあ、びっくり。でも、だからこそ、おじさまは何があっても、どんと構えていられるのでしょうね」

「違いねえ。変に度胸だけはありやしてね。今日だって、十両と言い出したのは手前《てめえ》のほうだ。無理やり元助を連れていこうとしやがったんで、とりあえず有り金を叩きつけて、明日また来てくれ、十両どうにかすると言ったんですよ」

「そうやって機転を利《き》かせたおかげで、今日のところは無事だったのですか」

「機転なんて上等なもんじゃあねえでしょう。元ごろつきの浅知恵だ」

昭兵衛は指先で傷をなぞりながら、かすれ声で言った。

「連中が元助に突っ掛かりやがったとき、手に包丁《ほうちょう》を持って外に出なかったのは、手前にしちゃ上出来でした。元助がいたから、連中をぶん殴るのもやめた。しかし、金を出すなんて言っちまったが、さて、どうしたもんかね」

「心配ですよ、おじさま。無茶をするんですから」

「無茶の仕方しか知りませんや。まあ、ごろつきみてえな暮らしは、惚《ほ》れた女にぴしゃっと叱《しか》られたんで、足を洗いやした。以来、ああいう連中との関わりはなかったんだが、過去の報《むく》いってやつですかねえ」

千紘は、きりりと言い放った。

「報いなんかじゃありません。わたしはほんの小さな頃からおじさまの料理をいただいています。おじさまはしごく真っ当よ。元助ちゃんだって、まっすぐ育っているもの。おじさまが何かの報いを受けるだなんて、わたしには思えません」

元助が昭兵衛の頬に手を伸ばした。十一の元助の手は思いのほか大きいが、骨が細く、すんなりしている。その指が、父の頬の傷をなぞった。

「お父っつぁん、おいらもこんな傷がほしい。そうしたら、もっと男らしく見えるだろう。女みたいな顔だって言われなくて済むし、よそへさらっていくなんてことも言われずに済むでしょう」

昭兵衛は、ぴしゃりと元助の手をはたいた。

「馬鹿を言え。おまえ、親の前で、親からもらった体に傷がほしいとは、親不孝にもほどがあるってもんだ。なあ、勇実先生よ」

水を向けられた勇実はとっさにうなずいた。

「身体髪膚《しんたいはっぷ》、之《これ》を父母《ふぼ》に受《う》く。敢《あえ》て毀傷《きしょう》せざるは、孝《こう》の始めなり。『孝経《こうきょう》』の教えだ。人の体は、髪の毛から皮膚に至るまですべて、親からいただいたもの。それを大切にし、傷つけないことは、親孝行の第一歩だよ」

元助はうつむいた。

「でも、おいら、本当は、この顔のせいで自分のことが恥ずかしいんだ。お客さんたちも、おいらの顔を女みたいにかわいいって言う。悪気があってそんなことを言うんじゃないのがわかっていても、かわいいなんてさ」

龍治は頭を掻《か》いた。

「そういうのは俺も覚えがあるぜ」

「龍治さんも？」

「ああ、そうとも。なあ、元坊。俺は体がでかくないだろう。上背《うわぜい》もなけりゃ、食っても肉がつかない。勇実さんや昭兵衛さんと並んだら、子供みてえな体つきだと思わないか？」

元助は曖昧《あいまい》な笑みを浮かべた。龍治の言葉にうなずいていいものやら、気を使ったのだろう。

確かに龍治は背が低く、肩幅も胸の厚みもない。二十一の男には見えず、子供じみているほどだ。

龍治は、屈託《くったく》のない明るさで続けた。

「昔からなのさ。俺は小さいし、顔だって、男の割にかわいいほうだろう。道場の兄弟子たちには、からかわれたもんさ。でも、十五かそこらの頃までだ。兄弟子たちより剣が強くなったら、子供っぽいままの俺でも、侮《あなど》られなくなった」

そのとおりだと、勇実は首肯《しゅこう》した。

「龍治さん、ある時期から急に強くなったんだったな。ほかの誰とも違う剣を使うんだ。身の軽さを活《い》かして、素早い突きでうまく攻める」

「それが俺の武器だとわかったからな」

「まさしく。あの速さは、なかなか防げるものではない」

「俺の体がでかくないのは仕方がない。でかいやつと同じことをやっても駄目だ。だったら俺だけのやり方で強くなることにした。なあ、元坊。持って生まれた顔や体を恥《は》じることはねえよ。悔しいと思うことは、俺もまだあるけどな」

龍治は明るい声で笑ってみせた。千紘がいたずらっぽい顔をして、龍治の隣に行って背比べをしようとする。龍治は、やめろやめろと、また笑った。元助も笑っている。

勇実は昭兵衛の顔をうかがった。

「やはり龍治さんの言うとおり、目明かしの親分に相談したほうがいいんじゃないでしょうか。ごろつきと呼んでいたが、正体はわかるんですか」

昭兵衛は口をきつく引き結んだ。それはかえって、わかると告げたようなものだ。千紘もそう勘づいたようで、元助の肩に手を載せた。

「あの人たち、元助ちゃんを泣かせたのですよ。わたしは許せません。おじさま、あの人たちは誰なんですか」

勇実は昭兵衛に頭を下げた。

「教えてほしい。身勝手なことを言いますが、私の筆子たちが住んでいるのも、ここからそう遠くないところです。借金の代わりに子供をさらっていくなどと脅すような輩《やから》がいるのでは、安心できません」

昭兵衛はため息をつき、口元を歪めた。

「そう大それたことをする連中じゃあないはずなんですがね。お頭《かしら》ぶって指図なんぞしていたやつも、前からたびたびこのへんで見掛けていた、けちな博打《ばくち》うちだ。負けてカモにされては、へらへらと酒を食らうようなやつだったんだが」

話し始めた昭兵衛に、千紘は目を輝かせて詰め寄った。

「その人、何という名前の、どんな人なんです？」

「噂《うわさ》じゃあ、女髪結《おんなかみゆ》いに養《やしな》われているらしいんですがね。廉三《れんぞう》とかいう名で、もとは鋳掛屋《いかけや》をしていたって話でさあ」

「どこに住んでいるのかしら」

「この近くでしょう。今日みてえに昼間からうろうろするのはめったに見ねえが、夜には何度かすれ違いやした。元助を連れて湯屋《ゆや》に行った帰りなんかに」

「前からお互いに顔見知りだったのですね。ほかに何人くらい仲間がいたのですか？」

勇実が口を挟んだ。

「さっき話に出てきた、見田徳次郎という人は？」

昭兵衛は舌打ちをした。

「勇実先生はやっぱり覚えがいいな。人の名前をよく覚えるもんでさあね」

「ええ、人の名を覚えるのは得意なほうです。この店によく顔を出していた人ですか？」

昭兵衛は口をつぐんだ。

千紘が先回りして言った。

「おじさまは、徳次郎さんという人を庇いたいのですね。大事なお客さんだったのですか」

昭兵衛は苦虫《にがむし》を噛《か》み潰したような顔をした。

「あの坊ちゃんに限って、ゆすりをやるはずがねえんだ。あの人は気が弱い。あの人こそ脅されているに違いねえんですよ」

「脅されている？　廉三さんという、ごろつきにですか」

千紘は問うたが、昭兵衛は答えなかった。しばらく沈黙していたが、地面に向けて長々と息を吐き出すと、ぼそりとこぼした。

「話しすぎた」

昭兵衛は床几から立ち上がった。ぎしりと床几が鳴った。昭兵衛は厨に引っ込んで、それ以上のことは話してくれなかった。

三

さしも頑固な千紘でも、昭兵衛に帰れと言われ、詫《わ》びの代わりだとお菜の包みまで押しつけられると、つき屋から離れるしかなかった。

行きの道とは比べるべくもないぐずぐずとした歩みで、千紘は両国橋を渡っている。千紘が一人遅れがちになるのを、勇実は時折、立ち止まって待った。

夕暮れ時が近い。西日を背にしてうつむく千紘の顔は、すっかり陰っている。

勇実は千紘に手を差し出した。

「千紘、そう考え込んでばかりいては、はぐれてしまうぞ」

「はぐれても、すぐに帰り着けます。迷子にはなりません」

「またそんな憎まれ口を」

千紘は幼子のように、べーっと舌を出した。そのときだ。

後ろのほうから、千紘の名を呼ぶ声がした。子供の声である。勇実はきょろきょろした。元助が追い掛けてきたのを、すぐに見つけた。

元助は息を切らして駆け寄ってくると、勢いよく頭を下げ、訴えた。

「千紘さん、やっぱり手伝ってほしいんだ。おいらがお父っつぁんを助けなきゃいけない。おいらに考えがある」

「元助ちゃん、何をするつもりなの」

千紘は体を屈め、元助と目の高さを揃《そろ》えた。元助は、両の拳をぎゅっと握り締めている。

「おいら、お父っつぁんを脅したやつと話をつけたい。あいつらがどこにいるのか、わからないんだけど。でも、見田さまのお屋敷は本所にあるって聞いた。捜せばきっと見つかるはずなんだ」

龍治が木刀の柄《つか》に弓手《ゆんで》を載せながら、こともなげに言った。

「いや、捜す必要もない。見田家の屋敷の場所なら、たぶんわかるぞ」

千紘と元助が、ええっと声を上げた。

「龍治さん、知り合いなのですか」

「名前に覚えがある。元坊、見田徳次郎って人は御家人の次男坊で、二十になるかならないかの年頃だよな？」

「そうです。御家人の次男坊で、おいらより七つか八つ年上」

「だったら間違いねえ。うちの道場に来たことがあるはずだ。勇実さんは覚えていないか？」

勇実は首をかしげた。

「私はたぶん会っていないな。いつも稽古に出ているわけではないから、私はあてにならないよ。龍治さんが覚えていると言うなら、確かに見田徳次郎は矢島道場に出入りしたことがあるのだろう。龍治さんの物覚えのよさはずば抜けている」

「俺が覚えられるのは、人の名前と顔だけさ。学問はからっきしだ。それで元坊、どうする？　道場の帳面を調べれば、いつ誰が顔を出したってのが逐一《ちくいち》書いてある。徳次郎の屋敷、訪ねてみるか？」

千紘と元助が勢い込んでうなずいた。龍治は勇実に視線を向けた。勇実さんは、と目が問うている。勇実は苦笑した。

「私が行かないと大変だろう。龍治さんひとりに任せるわけにはいかない」

千紘が膨れっ面をした。

「龍治さんひとりって、どういう意味ですか。わたしと元助ちゃんも一緒に行くのですよ」

「だからだ。おまえも元助も、自分で身を守ることができないだろう」

元助がびくりとした。

「身を守る？　剣を使うってこと？」

勇実はまっすぐに元助の目を見た。

「危ないことはないと思いたいがな」

勇実は腰に大小を差している。龍治のそれとは違い、真剣である。人前で抜いたことはない。身だしなみの一つに過ぎないと考えてはいても、時折、刀の重みが憂鬱《ゆううつ》になる。

龍治は懐手をした。

「行くと決まれば、さっさと動こうぜ。夕暮れ時に押し掛けるなんざ、先方には迷惑かもしれねえが、時がないものな」

千紘は目を輝かせた。

「ええ、急ぎましょう」

勇実は龍治に問うた。

「山蔵親分にも相談するんだろう」

「そのつもりだが、まず親父に話してみるさ。まあ、親父も、山蔵親分に知らせろと言うだろう。道場に誰かしら残っているだろうから、ひとっ走り、山蔵親分を捜しに行かせる」

「おおごとにならなければいいが」

「浮かない顔をするなよ。いっそのこと、大捕物《おおとりもの》にしようぜ」

龍治は伸び上がるようにして、勇実の肩に腕を回した。斜めに引っ張られる勇実の背中を、千紘がぱしんと打った。

「しゃんとしてくださいませ、兄上さま」


道場の帳面を確かめてみると、見田家の住まいは、思いのほか近所だった。白瀧家や矢島家のある一角から北へ数町、南割下水《みなみわりげすい》を挟んですぐのところだ。

見田家の屋敷は、白瀧家と同じくらいのこぢんまりとしたものである。

おとないを入れると、すぐに女が出てきた。五十に手が届こうかという年頃だ。風体《ふうてい》から察するに、女中ではない。見田家のご新造《しんぞう》その人だろう。

ご新造は警戒した様子で一行を見やった。

「どちらさまでございましょうか」

千紘がさっと進み出た。

「出し抜けにお訪ねしてごめんなさい。わたしたち、徳次郎さんとお話ししたくて。徳次郎さん、兄の道場仲間でしたの。近頃お見掛けしないけれど、徳次郎さんはどうしていらっしゃいますか」

「あら、徳次郎を訪ねていらしたのですか。今は屋敷におりませんよ。わたくしは徳次郎の母でございます。通いの女中がもう帰ってしまいましたので」

いささか気まずそうにご新造は言った。元助がずいと前に出た。

「ご新造さま、えっと、ふくさまでしたよね。おいらのこと、覚えていませんか。薬研堀のそばの煮売屋、つき屋の元助です。ふくさま、前はよくうちに寄ってくれていたでしょう」

元助が一生懸命の顔で迫ると、ふくの表情が緩んだ。

「まあ、元助坊や。もちろん覚えていますとも。大きくなりましたね。今日は、お店のお手伝いはよいのですか」

千紘はまるで姉のように、元助の肩に手を載せた。

「お店のお手伝いより、どうしても徳次郎さんとお話ししないといけないのですって。それで元助ちゃん、わたしたちを頼ってきたのです」

ふくは頰に手を当てた。

「困りましたね。徳次郎は近頃、帰りが遅いのです。それどころか、帰ってこないこともあって。待ってもらってもいいのですけれど」

元助は、着物の胸のあたりをぎゅっとつかんだ。

「どうしよう。おいらのせいで、徳次郎さんが怪我をしたかもしれないのに」

勇実は眉をひそめた。

「相手が怪我をしたというのは狂言だったのだろう?」

「狂言だけど、徳次郎さんが道に引っくり返ったのは本当なんです。徳次郎さんと一緒にいたおっかない人が蹴飛ばしたようにも見えて、もしそうなら、やっぱりおいらのせいで徳次郎さんがひどく痛い思いをしたってことになるよね」

ふくが顔色を変えた。事情を察したようだ。

「立ち話で済ませてよいことではないようですね。中へお入りなさいな。皆さん、ずいぶん汗をかいているじゃありませんか。麦湯《むぎゆ》をお出ししましょう」

見田家の屋敷は質素だったが、決して粗末ではなかった。部屋も庭もきちんと手入れが行き届いている。

来客のための部屋は一つきりのようだ。白瀧家の屋敷と似た造りだろう。壁を隔てて、ふくが台所で立ち働く音が聞こえてくる。

元助は肩を強張《こわば》らせて黙ってしまった。千紘が元助の背中に手を添え、小声で話し掛けてやっている。

やがて、ふくが戻ってきた。ふくは丁寧《ていねい》な手つきで、麦湯と赤い木の実を勇実たちに振る舞った。

「ぐみの実というのですって。ご存じかしら。梅雨の頃や初夏に山に行くと、たくさん実《みの》っているのだそうよ。多摩《たま》のほうの知人が訪ねてきてくれた折、おみやげに持ってきてくれましたの。種に気をつけて、召し上がれ」

千紘は目を輝かせ、真っ先にぐみの実をつまんだ。

ぐみの実は、千紘の小指の先くらいの大きさだ。みずみずしい紅色《べにいろ》の実に、千紘は顔をほころばせた。

「わたし、この味好きです。甘ずっぱくて、とろりとしていて」

「そう。それはよかった。熟していても少し渋みがあるから、わたくしの夫は味を嫌って食べませんのよ。でも、体にはいいそうなの。山の実を食べるとお肌がきれいになるとも聞きました」

千紘とふくは笑い合った。勇実も勧められるままに、麦湯で喉を潤し、ぐみの実をつまんでみる。

なるほど、一風変わった味わいだ。そっと噛《か》むと、実はぷちっと弾《はじ》けて、舌の上に甘みが広がる。後を引くような渋みがあるのが、かえって癖になる。

しゃちほこばっている元助にも、千紘はぐみの実を食べさせた。甘い味が嬉しかったのだろう。元助は口元に笑みを浮かべた。

「初めて食べた。おいしいな、これ」

ふくはにっこりしてみせたが、すぐに頬を引き締め、暗い目をした。

「徳次郎が迷惑をかけたみたいで、ごめんなさいね。つき屋さんにはご無沙汰《ぶさた》していています。長男が勤めに出るようになってから、暮らし向きが少し変わったのですよ」

「お父っつぁんも、ほかのお客さんからそんなふうに聞いてたみたいです。おめでとうございます」

「ありがとうございます。でも、近頃いちばん変わってしまったのは、徳次郎なんです。まじめで気の弱い子だと思っていたのですけれど」

ふくは、勇実と龍治に向き直った。

「剣術道場で徳次郎がお世話になったとか。近頃は……いえ、もう半年ほどは、稽古に出ていなかったのではありませんか。悪い付き合いを始めてしまったようで、恥ずかしながら、徳次郎が普段どこで何をしているのか、親のわたくしも存じていないのです」

勇実は千紘の目配せを受けた。龍治も、くいと顎《あご》をしゃくって、勇実に話を促す。

どう話したものかと勇実は迷ったが、気の利いた嘘《うそ》などつけない。ありのままに、つき屋のゆすりの一件をふくに話した。

ふくは険しい顔で聞いていた。勇実が話し終えると、深いため息をついた。

「恩を仇《あだ》で返すような真似を。本当にお恥ずかしい。お察しのとおり、見田家は裕福ではありません。息子たちが幼い頃など、もっと大変でした。わたくしも針仕事を請《う》け負ったり、習い事の師匠をしたりと忙しく、炊事《すいじ》など億劫《おっくう》でたまりませんでした。つき屋さんにはずいぶんお世話になったのです」

千紘が前のめりになった。

「わかります。うちもそうですもの。わたしも今日、兄の仕事のおつかいで日本橋に出た帰りに、つき屋さんでの出来事を見掛けたのです」

「明日の夕方までに十両ですか。まったく、あの子は何を考えているの。つき屋さんには、どうお詫びすればいいやら」

勇実は考えをまとめながら言った。

「つき屋の昭兵衛さんも、とっさのことで、どうしようもなかったようです。徳次郎さんを連れたごろつきの目的が何だったのか、有り金を持ち去ろうというのか、初めから元助に目をつけていたのかは、ちょっとわかりませんが」

千紘が唇を尖《とが》らせた。

「悪いことをする人たちの魂胆《こんたん》なんて、わかってたまるものですか。どちらにしても、人の道から外れたおこないでしょう」

ふくは、皺《しわ》の寄った眉間《みけん》をつまんだ。

「本当にそのとおりですよ。我が子がそんな振る舞いをするなんて、何かの間違いだと思ってしまいたい」

元助が声を張り上げた。

「おいらも、間違いだと思う。徳次郎さんがごろつきと一緒にいたのは、何かの間違いみたいなもんなんです。お父っつぁんも、そう言ってました」

語るべきことが尽きると、ちょうど日も陰ってしまった。西日が差し込んできていたのが、生垣《いけがき》に遮《さえぎ》られたのだ。

「そろそろお暇《いとま》しよう」

勇実の言葉を合図に、皆、座を立った。

帰り際、千紘は不服そうだった。

「結局、徳次郎さんには会えませんでしたね。徳次郎さんの言い分を聞いてみないと、何が何だかさっぱりだわ」

元助もしょんぼりしている。

「おいらも徳次郎さんと会いたかった。困ったな。お父っつぁんってば頑固だから、徳次郎さんのことがすっきりしなけりゃ金なんか出さねえって、意地を張ってんだ」

「お金を出さなかったら、元助ちゃんはどうなるの」

「どうなっちまうんだろう」

途方に暮れた様子でつぶやいたきり、元助はつき屋に戻るまで、じっと押し黙っていた。

目明かしに抜擢《ばってき》されたばかりの山蔵は、もともと腕自慢のごろつきだった。十《とお》かそこらの頃から喧嘩三昧《けんかざんまい》で、十五の頃には狂犬と呼ばれて恐れられていた。

ところが、山蔵をあっさりと叩きのめした男がいた。矢島与一郎《よいちろう》という剣術師範だ。

素手で挑《いど》もうが木刀を使おうが匕首《あいくち》を抜こうが、山蔵はどうしても与一郎に勝てなかった。十五の年から与一郎に付きまとい、三年経《た》っても勝てず、ついに膝を折って弟子入りを志願した。

与一郎は龍治の父である。上背はさほどでもないが、がっちりとした体つきで、齢《よわい》四十五のいまだに凄まじく強い。勇実も龍治もてんで相手にならない。

勇実は、若いごろつきだった頃の山蔵を知らない。十二年ほど前、勇実が矢島道場に通い出した時期にはもう、山蔵は稽古熱心な門下生だった。

いろんな仕事を転々としながら下っ引きをやっていた山蔵は、先頃、蕎麦屋《そばや》の入《い》り婿《むこ》になった。蕎麦屋の親父が目明かしだったのだが、そろそろ年だ。親父の後を引き継《つ》ぐ形で、山蔵が目明かしになったというわけだった。

元助を送り届けて帰宅すると、道場に山蔵がいた。

「お待ちしておりやした。捕物の御用だと小耳に挟みやしたが」

三人を代表して、勇実が手短に事情を話した。それを聞くうち、もとから上がりがちな山蔵の眉が、これでもかというほどに吊り上がった。

「聞き捨てならねえな。ご存じのとおり、つき屋のあたりは手前の縄張りでさあ。手前が目明かしとしちゃ新米なんで、三下悪党どもめ、舐めていやがるんでしょう。とっつかまえてやりますよ」

龍治は己の胸を叩いた。

「俺も手伝うぜ。勇実さんも一緒だ」

「ちょっと待ってくれ。本当に私も駆り出されるのか」

「もちろんだとも」

「ろくに稽古もしていないのに」

「書き物に疲れると、庭に出て木刀を振り回しているじゃないか。勘はそこまで鈍《にぶ》っていないはずだ」

「しかし」

勇実が渋り続けていると、千紘が膨れっ面で口を挟んできた。

「龍治さん、山蔵親分、ぜひ兄上さまをこき使ってあげてください。兄上さまは、放っておくと、屋敷から一歩も出ずに読書ばかりしているのです。庭に出たと思ったらちょっと素振りをして、またすぐ戻ってきて読書。湯屋を除けば、どこにも出掛けないのです。たまには体を動かしたほうがいいでしょう」

勇実は言い返そうとしたが、前はいつ何のために屋敷の門を出たのだったか、よく思い出せない。裏の垣根を越えて矢島家の敷地に行くのは、さすがに外出には数えがたい。

黙ってしまった勇実に、龍治がにかっと笑った。

「今日はよく歩き回っているじゃないか。疲れてねえか？」

「このくらいでは疲れない」

「そいつは重畳《ちょうじょう》。その調子で明日も頼むぞ」

山蔵はばきばきと指を鳴らした。

「一網打尽《いちもうだじん》にしてやりやしょう」

ところが、ここで千紘が待ったをかけた。

「まずは相手と話をしたいのです。だって、本当は今日、徳次郎さんとお話しするつもりでした。問答無用で叩きのめしてしまったら、つき屋のおじさま、納得しないのではないかしら」

「しかし、千紘お嬢さん。そんな手ぬるいことをやっていたんじゃあ……」

「手ぬるいって何ですか。事情をはっきりさせることこそ、事を収めるためにいちばん大切なことでしょう」

「でも、向こうの出鼻をくじかねえことには、逃げられるかもしれないし」

山蔵が異を唱《とな》えようとするのを、勇実と龍治がなだめた。

「千紘がこう言い出したら聞かない。こいつのやりたいようにさせたほうが、収まりがいいと思う」

「いつものことだぜ。山蔵親分、あきらめろ」

山蔵は眉を段違いにして顔をしかめたが、へい、と素直に返事をした。

四

勇実が腰掛けた床几は、きしきしと文句を垂れた。

居心地の悪さを覚え、勇実は尻の位置をずらしてみた。が、深く掛けようが浅く掛けようが、音が鳴るようだ。

勇実はあきらめて、床几に座り直した。ぎし、と、ひときわ大きな音がした。

元助が申し訳なさそうに首を引っ込めた。

「うるさいよね、それ。直さなきゃって思っているんだけど、手が回っていないんだ。おいらもお父っつぁんも、あんまりそういうのが得意じゃなくて」

「かまわないよ。私が壊してしまったわけではないのだな。よかったよかった」

勇実は少しおどけてみせた。元助はくすりと笑った。

夕刻までに十両を用意しろと脅された、まさにその期日である。

つき屋は表向き、いつもと変わらぬ様子だ。奥の床几では二人、客が飯を掻き込んでいる。

勇実は手習所を終えてからこちらへ駆けつけたが、千紘と龍治は念のため、昼からつき屋にいた。

千紘は前掛けをして、くるくると立ち働いている。勇実が来たときにはもう、すっかり看板娘のようだった。

「武家の娘がすることでもないだろうに」

勇実はこっそりつぶやいてもみるが、言い聞かせたところで、千紘が耳を貸すはずもない。へまをするなよとだけ、千紘には告げた。大丈夫です、兄上さまではないのだから、と千紘は舌を出した。

その実、はらはらしてしまうのは勇実だけなのだ。

千紘はへまなどしない。何をやらせても、どんな格好をしてもさまになるし、教えたことをすぐに呑《の》み込む。

客が来れば、いらっしゃいと微笑《ほほえ》む。今日は何があるかねと問われれば、鰯《いわし》のつみれを紫蘇《しそ》で巻いて揚げたものだとか、つるむらさきとわかめのおひたしだとか、客の好みに合わせて答えている。

働く千紘は楽しそうだ。笑顔を絶《た》やさない。もともと千紘はよく笑う。勇実の前でだけは膨れっ面をしていることが多いが、見知らぬ客と接するときには目を輝かせ、声を弾《はず》ませている。

暖簾をくぐって、龍治が店に戻ってきた。勇実の隣に腰を下ろすと、床几がぎしりと不平そうに鳴いた。

「勇実さん、退屈か？」

「いや、そういうわけじゃない」

「じゃあ、その仏頂面《ぶっちょうづら》は、千紘さんが客商売の真似事をしているのが気に食わねえからだ。勇実さんはそういうところ、頭が固いよな」

「あのおてんばを見ていると、ひやひやしどおしなんだ。いつになったら、千紘はしゃなりしゃなりと歩くようになるのか」

「無理だろうよ。今さら変わりゃしない。千紘さんは千紘さんだ。いつになったって、おてんばのままさ」

「困る」

龍治はからからと笑うと、勇実に耳打ちをした。

「もうすぐ連中が来るそうだ。山蔵親分の下っ引きが連中をつけている。腰の引けた下っ端を含めて、四人だそうだ」

「わかった」

「お察しのとおり、隙《すき》だらけの阿呆《あほう》どもだ。わざわざ約束どおりに出直してくるなんて、罠《わな》を張ってくれと言わんばかりじゃねえか」

「手練《てだ》れの盗人《ぬすっと》だったら、昨日奪えるものを手際よく奪って逃げてそれっきり、か」

「ああ。手応《てごた》えのある相手とは思えねえが、一応、気を引き締めておいてくれよ。名のある剣術家との立ち合いより、やけになった素人《しろうと》を取り押さえるほうが厄介なこともあるからな」

「心得ている。山蔵親分に頼まれて捕物の加勢をしたのも、一度や二度ではないんだ」

「いいぞ。その調子だ」

龍治は、にっと、歯を見せて笑った。両方の頬にくっきりしたえくぼができた。

そんな笑い方をするのは武士らしくもないし雅《みやび》でもないと、ずいぶん幼い頃、老《お》いた手習いの師匠に教わった。今の屋敷に越してくる前のことだ。

武士はおいそれと笑わないし、泣かないものだ。怒りをあらわにするのもよろしくない。師匠も母もそう言っていた。

自分はそんな記憶に何となく縛られているようだ、と勇実は思う。千紘はそうではない。千紘も前の屋敷に住んだことがあるが、ほんの赤ん坊だった。

暖簾をくぐる客がいる。

「いらっしゃい」

千紘と元助の声が重なった。振り向いた元助が体を硬くした。

「来たか」

勇実は即座に身を浮かせた。床几がぎしりと鳴った。

男が四人、店に踏み込んできた。先頭にいるのが、廉三という博打うちだろう。腰に長脇差《ながどす》を帯《お》びている。

廉三は、勇実が思い描いていたよりも若くて線の細い男だった。小袖《こそで》は、黒地に金茶の派手な縞《しま》。赤い帯など締めてさまになる美形だが、顔色が悪く、目つきがどうにも暗い。愛想笑いは、いっそのこと醜悪《しゅうあく》だった。

「よう、つき屋さんよ。逃げなかったのは立派だ。約束の十両を受け取りに来てやったぞ」

厨の昭兵衛は、料理をする手を止めない。鍋にぐらぐらと湯が沸いたのを確かめると、つるむらさきをさっと湯にくぐらせた。

剣呑《けんのん》な沈黙が落ちている。

廉三は愛想笑いをかなぐり捨てた。自分のすぐ後ろに控えていた男の胸倉をつかみ、前へ押し出す。廉三よりも若い男だ。まだ子供っぽい面差《おもざ》しである。

男の顔には、殴られたとおぼしきあざがあった。腕を片方、布で覆《おお》って吊っている。

遊び人の風体と言ってしまうには、いまひとつ、男はちぐはぐだった。伸びかけの月代《さかやき》も襟《えり》の開いた着流しも、どうにもさまになっていない。

昭兵衛がようやく顔を上げた。ぎょろりとした目で、腕を吊った男を見やった。

「徳次郎坊ちゃん。そんな格好で、何をしてやがるんですかい」

体を震わせた徳次郎は、何も言えずにうつむいた。廉三はわざとらしい笑い声を上げた。

「坊ちゃんかよ。おまえ、十九にもなって、坊ちゃんだとよ。そんなんだから、餓鬼にぶつかられて引っくり返って怪我なんぞするんだよなあ。ほらよ、徳次郎坊ちゃん。医者に行く金をくださいって、上手におねだりしてみろよ」

勇実の隣で龍治が、はあ、と息をついた。横顔がうんざりしている。

廉三は勇実や龍治には目もくれず、いきなり徳次郎の頭をはたいた。徳次郎はふらついた。昭兵衛が廉三を睨みつけると、廉三はにやにやして、もう一回、徳次郎の頭をはたいた。

昭兵衛は低い声を絞《しぼ》り出した。

「全部で二両ばかりある。貯めた金と、客が急いで払ってくれたツケだ。これで勘弁してくれ」

廉三は鼻で笑った。廉三の後ろにくっついて店に乗り込んできた男たちも、下《げ》卑《び》た笑い声を上げた。取り巻きに囲まれて、廉三はますます気が大きくなったようだ。芝居がかった大仰《おおぎょう》さで、指を二本立ててみせた。

「二両！　たった二両で許してもらえると思ってんのか。あんたの倅《せがれ》のせいで俺の大事な友達の徳次郎が怪我したってのによぉ！」

廉三は手近な床几を蹴った。床几は壁にぶつかって、ひどい音を立てた。

元助は、びくりと体を強張らせた。廉三が元助を見下ろした。千紘が元助の前に出た。

「やめて。元助ちゃんを怖がらせないでください。徳次郎さんも怯《おび》えているじゃありませんか。あなたのことをずいぶん怖がっているみたいですけれど、あなたたち、本当にお友達なのですか」

廉三は徳次郎の肩に腕を回した。

「おうよ。俺たちゃ友達よ。仲間よ。なあ、徳次郎」

徳次郎は青ざめた顔を背けている。千紘は引き下がらない。

「その手をお放しなさい。派手な着物を着るのも博打をするのもあなたの勝手ですけれど、人に嫌がらせをして笑っているだなんて、みっともないわ」

「嫌がらせだぁ？　徳次郎のことを言ってんなら、お門違いだ。それこそこいつの勝手で、俺についてきていやがるんだよ。嫌がるわけがねえだろうが。なあ、徳次郎?」

「あなたとお話ししても埒《らち》が明きません。徳次郎さん、あなたが答えてください。あなた、好きこのんで、つき屋さんに迷惑をかけようと思ったのですか。おじさまがどれだけ心配しているか、少しもわかりません?」

徳次郎は恐る恐る、昭兵衛の顔を見た。昭兵衛は、ぎょろりと睨んでいる。いや、睨んでいると言いたくなるほどの強い目で、真剣に徳次郎の様子をうかがっている。

廉三がにやにやして、徳次郎の胸倉をつかんだ。

「よそ見してんじゃねえよ」

徳次郎はぎゅっと目を閉じ、勢いよく廉三の手を振り払った。そのままよろめいて、尻もちをつく。徳次郎は震えながら、昭兵衛を見上げた。声は出ない。だが、あえぐように口が動いて、ごめんなさいと告げている。

元助が、さっと徳次郎に駆け寄った。

「怪我をしてるのに、無茶しちゃ駄目だよ」

廉三が馬鹿笑いをした。

「餓鬼に情けなんぞかけられて、徳次郎、しょうがねえやつだな。餓鬼に頼んでみろや。怪我が痛くてたまらねえから早く金を寄越してくださいってな！」

耳障《みみざわ》りな甲高《かんだか》い声で笑う。廉三の取り巻きも笑い、大音声《だいおんじょう》になる。

いきなりだった。

廉三が腰の長脇差《ながどす》を抜いた。ぎらりと光った刃《やいば》に、客がヒッと悲鳴を上げた。

廉三はこれ見よがしに長脇差を振り上げ、元助と徳次郎を見下ろした。

勇実と龍治は同時に動いた。

床几から立ち、すっと間合いを詰める。勇実は千紘を背に庇う位置だ。龍治は木刀の切っ先を廉三に突きつけ、言った。

「刀を抜いたよな。こいつで片をつけるってことでいいんだろう？」

廉三は目を細めた。

「餓鬼が木刀なんぞ振り回して、何のつもりだ」

「その餓鬼に、今からあんたは叩きのめされるんだよ。表に出ろ。相手してやるから」

廉三が、べっと唾《つば》を吐いた。

「表に出ろだと。そんな手間《てま》ぁかけなくても、ここで十分だろうがよぉ！」

長脇差が龍治に向けて突き出された。龍治は、ひょいと身を躱《かわ》した。廉三がどたどたと足を踏み鳴らし、龍治に向き直る。

狭い店の中のことだ。勇実は千紘と昭兵衛をまとめて奥のほうへ押しやると、二人を背にして木刀を構えた。

龍治の背後で、廉三の取り巻きが二人、匕首を抜いた。元助と徳次郎は、龍治の足元にへたり込み、くっつき合って固まっている。

勇実はぼやいた。

「困ったことになったな。店の中で暴れたくなかったんだが」

「成り行きだ。仕方ねえさ。勇実さん、いちばんうるさいそいつを頼む」

「わかった」

龍治は左右を敵に挟まれていながら、恐れる様子はない。油断もまたなかった。匕首の二人へと木刀を向けながら、目の端で廉三をうかがっている。

勇実は廉三の動きを測りながら、じりじりと間合いを詰めた。

ひと呼吸ぶんの静寂。

廉三が真っ先に動いた。否《いな》、動こうとした。狙いは龍治だ。

その瞬間、勇実が後《ご》の先《せん》を制した。

がら空きになった廉三の背中を木刀で打ち据える。勢いのまま、勇実は体ごと廉三にぶつかっていき、羽交《はが》い締《じ》めにした。腕をひねり上げて長脇差を奪う。

龍治もまた、勇実が動くと同時に踏み出している。

正確無比の木刀は、取り巻きの一人の小手を打った。ごく小さな振り幅で、しかし、びしりと重い音がする。打たれた手から匕首が落ちる。

さらに踏み込んで、いま一人の右肩を突いた。為《な》す術《すべ》もなく、こちらも匕首を落とす。

龍治は表に向かって声を張り上げた。

「親分、縄を持ってきてくれ！　店ん中で暴れた三人、しょっ引いて手柄にしてくれよ！」

言いながら、龍治はくるりと木刀を反転させ、目の前の男の顎を柄の尻で打ち上げた。脳を揺さぶられた男は白目を剝いてくずおれる。

いま一人の匕首男は、龍治を突き飛ばして逃げようとした。龍治は、突き出された腕をかいくぐると、すれ違いざま、木刀で足を払った。すっ転んだ背中を踏みつけ、地に落ちた二振《ふたふり》の匕首を拾い上げる。

「だらしねえな。匕首も刃が曇っているじゃねえか。かわいそうに」

山蔵が下っ引きと共になだれ込んできた。勇実が取り押さえた廉三と、龍治に叩きのめされた取り巻きの二人は、たちまちのうちに縄を掛けられた。

山蔵はじろりと店の中を見渡した。

「暴れたのは三人でやすね」

徳次郎がびくりとしたのを、山蔵も見ただろう。元助が徳次郎を庇うように立った。

「この人は、怪我をさせられただけだ。ちっとも暴れてない。こいつらの仲間なんかじゃなくて、こいつらに脅されていたんだよ」

徳次郎は素《す》っ頓狂《とんきよう》な声を上げた。廉三が何かをわめき立てた。しかし、厨に立った昭兵衛が鉄鍋と火箸を打ち鳴らしたせいで、誰にも何も聞こえなかった。

耳がじんじんするような残響の中で、昭兵衛は目をぎょろりとさせ、山蔵に告げた。

「商売の邪魔をしやがったのは、その三人だ。そこに転がっている坊ちゃんは、昔からよく知っていやす。ちょいと怪我をしているんで、傷の手当てをして、親御さんのところへ送り届けますよ」

言うだけ言って、昭兵衛は料理の続きに取り掛かった。

山蔵はにやりとした。

「そういうことなら、承知しやした。それじゃあ、あっしらはこのへんで」

なおもわめく廉三を引っ張って、山蔵は店を出ていった。

蹴られてずれた床几を、勇実と龍治で元に戻した。昭兵衛の指示で千紘と元助が塩をまくと、あとは、見事なまでに普段どおりのつき屋だった。


三日ほど経った。

雨が続いていたのがようやく上がり、雲間から黄金色《こがねいろ》の日の光が差している。

夕刻、勇実は千紘に急《せ》き立《た》てられ、つき屋へ赴《おもむ》いた。龍治は門下生に稽古をつけてやるとかで、道場を抜けられないらしい。勇実は、みやげを買ってきてくれと、龍治に注文をつけられた。

つき屋は相変わらず、にぎわっていた。昭兵衛の無愛想にもめげず、常連客たちはくだを巻いている。

勇実と千紘は、勧められるままに床几に腰掛けた。この間はぎしぎし鳴っていた床几が、今日は何の不平もこぼさない。

「直したのか」

勇実がつぶやいたのを、元助が聞きつけた。

「そうなんだ。徳次郎さんが直してくれたんです。徳次郎さん、すごいんですよ。何でも作れるし、直せるんだから」

元助が厨の隅から引っ張ってきたのは、徳次郎だ。釘や金槌《かなづち》を手にしている。徳次郎は、まだいくらか腫れている顔にも、剃《そ》り直した月代にも汗を浮かべていた。勇実が目礼すると、徳次郎は照れ臭《てくさ》そうに笑った。

「こんな格好で、すみません。棚《たな》を作っているところだったので。先日はたいへんご迷惑をおかけしました」

徳次郎は、深々と頭を下げた。

昭兵衛がぶっきらぼうに付け加えた。

「今日の徳次郎さんは、おふくろさんにとことん叱られた後だ。千紘さんも先生も、お説教は勘弁してやってくだせえ」

千紘はにっこりした。

「お説教だなんて。お顔を上げてください、徳次郎さん。お怪我はひどくなかったのですね」

徳次郎は頭を掻いた。

「大げさに見えるように腕を吊っていただけで、実は何ともなかったんです。廉三さんたちと一緒にいるうちに、あざだらけにはなってしまったんですが」

「まあ、ひどい。あざだって立派な怪我ですよ。それにしても、どうしてあの人たちと付き合うことになったのですか」

「魔が差した、としか言えません。一度だけ博打をしてしまい、負けが込んだところを廉三さんに助けられて、そのままずるずると。今思うと、あのとき正直に親に博打のことを告げて叱られていれば、それで終わったはずでした。黙っていた私が悪かったのです」

徳次郎は憑《つ》き物《もの》が落ちたかのようだった。顔色がぐんと明るくなっている。

勇実は徳次郎の手を見やった。大工道具を持つ手つきは危なげない。

「こういう仕事が得意なんですか。床几を直したり、棚を作ったり」

「はい。昔からです。武士の子のくせに、学問や剣術よりこういうことが好きで、得意で。昭兵衛さんにお詫びをしたいと言ったら、この仕事をさせてもらいました。いっそのこと、この道で修業をしてみようかな」

「好きで得意なことがあるのは、いいですね」

徳次郎は屈託なく笑った。

「勇実先生はお強いじゃないですか。凛々《りり》しくて武士らしくて、本当に格好よかったです」

「ありがとう」

勇実は曖昧に微笑んだ。千紘は噴き出した。

「よかったですね、兄上さま。凜々しいとか武士らしいとか、めったに言われることがないでしょう」

「千紘」

「徳次郎さん、誉《ほ》めてくださったところ申し訳ないけれど、兄上さまったら、ぐうたらなんですよ。暇《ひま》ができたかと思えば、寝転がって書物を読んでばかりいるのですから」

元助は真ん丸に目を見張った。

「寝転んで？　勇実先生、本当ですか」

「いや、まあ……嘘ではないが」

元助は愛くるしい笑顔になった。

「おいら、何だかほっとしました。勇実先生も龍治先生も正直だ。見栄を張らないところ、すごく格好いいな」

勇実は照れ臭くなって、かゆくもない頰を搔いた。

元助を守ることができたのは重畳だった。

山蔵の調べによると、廉三が急に手荒なことをしだしたのは、金欲しさゆえだった。廉三を養っている女髪結いが、廉三の子を孕《はら》んだらしい。それで廉三は張り切った。

金が入り用なら仕事に精を出せばよいのに、廉三が選んだのは、いかさま博打とゆすりだった。あいつはまともな道の歩み方を知らないらしい、と山蔵は言い表した。

もとはといえば、廉三も哀《あわ》れな子供だったようだ。元助を連れ去ろうとしたのは、自分が幼い頃にそうされたからだった。陰間茶屋《かげまぢゃや》にいたらしいが、そのあたりのことだけは、廉三も口を割らなかったそうだ。

廉三の事情は、山蔵が昭兵衛にも伝えた。昭兵衛は一言だけ、屑《くず》だな、と吐き捨てた。昭兵衛は廉三と逆だった。惚れた女と所帯を持つために、悪所通いから足を洗った男だ。

昭兵衛がぼそりと言った。

「徳次郎さん、まだ仕事が途中だろう。日が沈まねえうちに最後まで仕上げちまってくだせえよ」

「はい。今すぐ」

徳次郎は鼻歌交じりに仕事に戻った。とんとんとん、と釘を打つ音が響く。まるで合の手を入れるように、昭兵衛も気持ちのよい音で青菜を刻《きざ》んでいる。

表の暖簾をくぐって、客が訪れた。元助が、いらっしゃい、と明るい声を上げる。

心地よい夕暮れ時だ。すいと入ってきた風に、この間まで吊るされていなかった風鈴《ふうりん》が、からころと涼やかな音を立てた。

第二話　恋心、川流れ

一

梅雨《つゆ》が明けたと思った途端、お天道《てんと》さまはずいぶんと張り切り出した。ちょっと外を歩くだけでも汗だくだ。

毎年、五月の終わりに川開きがある。夏の間だけ、両国橋界隈《かいわい》の料理屋は日没を過ぎても暖簾《のれん》を掲《かか》げていてよいのだ。川には納涼船が行《ゆ》き交《か》って、水辺は夜っぴてにぎわう。

夏といえば花火だ。

六月の半ば、千紘はついに勇実を花火見物に連れ出すことに成功した。乗り気でない勇実は、面倒くさい理屈などこねている。

「空に咲く花と、ずいぶんと美しそうな言葉で花火を例えるものだが、もとはといえば、あれは火薬だ。木炭と硝石《しょうせき》と硫黄《いおう》を混ぜて火を点《つ》けると爆《は》ぜる。戦《いくさ》の道具として生まれたんだぞ」

「兄上さま。戦の道具だったものが、こうして人を楽しませるものに生まれ変わったというのは、素晴らしいことではありませんか」

「納涼と言ったって、人混みの中に行くのはかえって暑いだろう。なぜこんなときに出歩くんだ。夏場は日陰に転がって読書をするのがいちばん涼しい過ごし方だ」

勇実は愚痴《ぐち》ばかりだが、千紘は聞こえないふりをした。

「ほら、兄上さま、龍治さん。のんびり歩かないでください」

からころと下駄《げた》の音を鳴らして先を行くのは、今日も千紘だ。男たちを振り返り、日傘《ひがさ》をくるりと回してみる。

今日は特別だから、大事に取っておいた新しい麻《あさ》の着物を下ろした。決して値の張るものではないが、縮《ちぢみ》のさらりとした手ざわりが気に入った。色味がいかにも涼しげなのだ。

昼下がりの両国橋は、勇実が愚痴をこぼすほどの人出ではない。今年初めての花火が上がった五月二十八日は、まだ梅雨らしく湿った雲が空に残っていたが、両国橋界隈は押し合いへし合いの人混みだったそうだ。

小ぶりな屋形船が一艘《そう》、橋をくぐって下っていく。

その船はとりわけ人目を惹《ひ》いた。

何気なく橋から見下ろした千紘も、あら、と声を上げて足を止めた。

「まあ、驚いた。きらびやかだこと。花嫁姿の娘さんに、紋付袴《もんつきはかま》の殿方。船もずいぶん飾り立てて、お花でいっぱいにして。すごいわね」

婚礼祝いらしき船は、芸者を幾人も乗せた大きな船でさえ霞《かす》んでしまうほどの騒ぎようだ。船上の芸者たちもまた、一体何事かと興味津々《きょうみしんしん》で、客もろともに船べりに集まっている。

衆目《しゅうもく》を集める紋付袴の男はまだ若いようだ。顎《あご》が四角く張っているが、なかなかの男前である。酔って気が大きくなっているらしい。橋の上の見物人を仰《あお》ぎ、かすれがちな声で調子外れに歌っている。

千紘の隣に追いついてきた勇実は、呆《あき》れた表情を隠さなかった。

「仰々《ぎょうぎょう》しいな。派手に三味線《しゃみせん》なんか鳴らして大声で歌って。あれは本物の嫁入りの祝いなのか？」

龍治は橋の欄干《らんかん》に頰杖《ほおづえ》を突いた。

「本物だろうよ。役者や芸者が扮《ふん》しているにしちゃあ、素人《しろうと》くさすぎる。唄《うた》も三味線も下手《へた》くそだし、男どもは酔っぱらっているとはいえ、体の使い方が武士だ。家紋は三《み》つ鱗《うろこ》か」

「龍治さん、羽織《はおり》の家紋が見えるのか」

「見えるさ。勇実さんの目が弱いんじゃねえか？　暗いところで寝転がって読書ばかりしていると、目をやられるんだぞ」

「目には気をつけているつもりなんだが。しかし、本当ににぎやかな船だな。武士があんなことをするだろうか」

「するやつもいるだろう。金がありあ余っていて、嫁がかわいくてしょうがないんなら、見せびらかしたくもなるんじゃねえかな」

千紘は目を細めた。

「あのお嫁さんなら、見せびらかしたくもなるかもしれませんね。頰も唇《くちびる》もふっくらとして、かわいらしい人だわ」

「千紘さんのほうが美人だぞ」

「あら、ありがとう、龍治さん。誉《ほ》めても何も出ませんよ」

「軽くあしらってくれるよな」

「龍治さんはいつもわたしをからかってばかりですもの。それに、せっかくのお出掛けだというのに代《か》わり映《ば》えしない、擦《す》り切れた格好で来るような人に、おめかしして船に乗る人の気持ちはわからないでしょう」

「お出掛けったって、目と鼻の先じゃねえか。両国橋なんて、庭みたいなもんだろう」

呆れ顔をしてみせる龍治に、千紘は頰を膨《ふく》らませた。

「庭でも何でも、お出掛けはお出掛けです。だって、花火を見るのですよ。お遣《つか》いで通りかかるのとはわけが違うでしょう」

勇実は、ふうと息をついた。

「昨日から、はしゃいで騒いでいたものな。新しい着物を下ろすんだって」

「はしゃいでも騒いでもいません。兄上さまも龍治さんも、ちっともわかっていないんだから」

「あの花嫁さんくらい張り切ってめかし込んでくれれば、さすがの私もわかるがな。それにしても、こんな日に晴れ着などまとっていては、暑くてたまらないだろうに」

「やっぱり、ちっともわかっていないじゃない」

龍治は笑って、額《ひたい》の汗を拭《ぬぐ》った。

「勇実さんの言うのがごもっともだよ。見せびらかすなら、日が傾《かたむ》いてからにすりゃあいい。そのほうが人出が多いのにな。今みたいな、昼のいちばん暑い頃に外を出歩くなんざ、物好きのやることだよ」

「あら、花火見物なら早いうちに出掛けなけりゃと言ったのは、龍治さんではないですか」

「そうだとも。暑さにまいって人がいないうちに、ちょうどいい見物席を陣取《じんど》っちまうのさ。出遅れたらまずいだろう。人の頭を見るために大川《おおかわ》まで出てきたわけじゃないからな」

龍治は日傘を掲げてみせた。

勇実と龍治の差す日傘は、千紘が選んだものだ。白地に薄墨《うすずみ》で、さっと模様が描かれている。勇実のほうが鳳凰《ほうおう》、龍治はその名にちなんで龍の模様だ。

花火見物とはいっても、舟遊びをするわけではない。

つき屋によく出入りしているご隠居が、近頃できたばかりの甘味茶屋《かんみぢゃや》を教えてくれた。出てくる団子やお茶が取り立ててうまいわけではないが、店構えが洒落《しゃれ》ている。今の時季は二階を開け放っているから、花火がよく見えるのだという。

件《くだん》の店は、もうすぐそこに見えている。橋を渡り切ったらすぐと聞いていたとおりだ。

婚礼祝いのにぎやかな屋形船は、下手な唄と三味線の音色《ねいろ》をまき散らしながら、ごくゆっくりと川を下っていく。橋から声援や野次《やじ》が飛ぶのが、船上の浮かれた男女には愉快なのだろう。

「眺《なが》めていても、きりがないわね。そろそろ行きましょうか」

千紘は男たちに声を掛け、足を踏み出した。暑いなあと、また勇実が愚痴を言うのが聞こえたが、日傘をくるりと回して跳ね飛ばす。

と、そのときだ。

千紘のすぐそばを歩いていた女が、ふらりと体を揺るがせた。倒れてしまいそうになったその肩が、千紘の肩にぶつかった。

「まあ、ごめんなさい。大丈夫ですか」

千紘はとっさに謝って、相手の顔を見た。

武家の娘だ。年の頃は千紘と同じくらいか、少し年上だろうか。ひどく疲れた顔だった。目の下にげっそりとした隈《くま》がある。

ふわりと、かすかに、よい香りがした。くちなしの香りだわ、と千紘は思った。娘の袖《そで》から香ったようだ。

娘は一拍遅れて千紘を見た。しかし、おどおどした目はすぐに伏せられた。長いまつげが影を作るのが、いかにも儚《はかな》げだ。

千紘は眉《まゆ》をひそめた。娘は、ひどく顔色が悪い。化粧をしていないせいで、血の気が引いているのが隠しようもない。唇など真っ白だ。

「あなた、どうなさったのです？　どこか体の具合がお悪いのではありませんか」

千紘の問いにも娘は口を開かず、目を上げもしない。声が耳に届いていないのかもしれない。

娘は、おぼつかない足取りで歩き出した。娘が向かうのは、千紘たちと同じ、橋の西詰のほうだ。

差し伸べかけた手を引っ込めつつも、千紘は娘の後ろ姿を目で追った。

「様子がおかしいわね。本当に大丈夫なのかしら」

追い掛けていって手を貸したほうがいいだろうか。千紘がそう思案したところへ、勇実がのんびりと問うた。

「どうしたんだ、千紘。知り合いか？」

「いいえ、知らない人。ぶつかってしまっただけです」

「よそ見をしながら歩くからだぞ。せかせかと、いつだってせわしないし」

「せわしなくなんかありません。兄上さまがゆっくりしすぎているだけですから」

千紘は小さく舌を出した。行儀が悪い、と勇実が小言をつぶやいたが、千紘は、知らぬふりを決め込んだ。

もう一度、千紘は娘の後ろ姿を目で探した。娘は、陽炎《かげろう》のようにふらふらと人混みの向こうへ消えていく。

ちょうどそこに、横合いから声が掛かった。

「あら、勇実先生と妹さん。お揃《そろ》いで、どちらまで？」

町人の女である。勇実のところへ通ってくる筆子の母親だろう。

千紘はぺこりと頭を下げた。どなたですか、と勇実に目で問う。のんびりしてはいても、勇実が人の名前と顔を見忘れることはない。

「ああ、久助《ひさすけ》のおっかさんの」

「はい。鳶《とび》の女房のたけですよ。うちのやんちゃ坊主が、いつもお世話になって」

世間話が始まると、いささか長い。勇実はにこやかに根気よく話に付き合うが、龍治はやれやれと言わんばかりに、橋の欄干に背を預けた。

時間がいくらか早いことも手伝って、目的の甘味茶屋は空いていた。いらっしゃい、と看板娘が愛想《あいそ》よく声を掛けてくる。

軒先《のきさき》の日陰に入り、千紘はいそいそと日傘を畳《たた》んだ。何気なく川のほうへ目をやって、あら、と思わず声を発する。

「見てください。あの人、舟の上で、あんな……」

指差しながら言葉を呑《の》んだ。

すぐそこにある船着き場から漕《こ》ぎ出した舟がある。細長い形をした、乗り合いの猪牙舟《ちょきぶね》だ。その艫《とも》のあたりで、若い娘が一人、ゆらりと立ち上がったのだ。舟がぐらぐら揺れるのが見えた。船頭が娘を座らせようとして怒鳴った。同じ舟に乗り合わせた者や、橋から見下ろしている者が、戸惑いや驚きの声を上げる。

誰が止める間もなかった。

どぼん。

水音がした。娘が川へ落ちたのだ。

千紘は一部始終を見てしまった。だが、今見た光景の意味がすぐには呑み込めない。

ひときわ大きな悲鳴を皮切りに、川辺はたちまち騒然とした。通りを人が走っていく。両国橋の欄干には通行人が鈴なりになって、川面《かわも》を見下ろしている。

娘を乗せていた舟は、進む勢いをいきなり変えられるわけではない。船頭も客も大慌《おおあわ》てで、しかし、すいすいと川下へ進んでいってしまう。

白地の日傘が千紘に押しつけられた。勇実である。

「落ちたのはさっきの人だ」

勇実は鞘《さや》ごとの刀を龍治に預けると、さっと駆け出した。

さっきの、と勇実が言った意味が、まばたきひとつぶん遅れて千紘にもわかった。さっき千紘が両国橋の上でぶつかった、あの娘だ。ふらふらとして具合が悪そうだったあの娘が、舟から落ちたのだ。

いや、今のは、自ら飛び込んだのだろうか。

「兄上さま、待って！」

千紘の声は、勇実の背中に届かなかったに違いない。

勇実は大川へまっすぐに走っていくと、船着き場から跳んだ。あっ、と野次馬が騒いだときには、軽やかな音を立てて着水している。

千紘は二本の日傘を抱いたまま追い掛けようとした。その肩を龍治がつかんだ。

「落ち着け。勇実さんは水練が得意だ。大川を泳ぐくらい、わけねえよ」

「でも、でも……」

「落ち着けってば。いいか。いくら水練が得意な勇実さんでも、溺《おぼ》れかけた人を助けて泳ぐとなると、話は別だ。しがみつかれたら、勇実さんまで溺れちまう。そうならないよう、俺たちが手助けするんだ」

千紘は深く息を吸って、吐いた。取っ散らかった頭の中が少ししゃんとする。

千紘は、屹《きっ》と前を向いた。

「舟を出して兄上さまを助けましょう。兄上さまも、川に落ちてしまった人も、どちらも助けるのよ！」

龍治は店の小女《こおんな》を呼び止めた。

「日傘と刀を預かっていてくれ。それから、自身番《じしんばん》に知らせるんだ。早く！」

小女はがくがくとうなずいた。

千紘と龍治は船着き場へと走った。

二

「血は争えないというやつかな。私も千紘の兄なんだなと思ったよ」

大川から引き上げられ、その足で自身番と湯屋を梯子《はしご》した勇実は、晴れやかな顔で笑っている。屋敷に戻ってきてからも、いつになく上機嫌だ。

ずっと付き添っていた龍治は、げんなりしている。

「勇実さんもあの娘も無事だったから笑っていられるが、こっちはひやひやしたんだぜ。寿命が縮んだぞ」

「すまん。悪かったよ。でも、水の中って心地いいものだな」

龍治に責められても、勇実はからからと笑っている。体をいっぱいに使って泳いだのがよほど痛快だったのだろう。

とうとう龍治も呆れ果ててしまった。行儀悪く胡坐《あぐら》の膝《ひざ》に頬杖を突き、けだるげに愚痴を言う。

「本当に大変だったんだぜ。船頭は慌てふためいていたし、俺は櫂《かい》なんぞ使ったこともない。勇実さんに舟を寄せたはいいが、舳先《へさき》でぶつかって勇実さんを沈めちまうんじゃねえかと、肝《きも》が冷えた。ひと夏ぶんの肝試しをした気分だ」

千紘もずっと膨《ふく》れっ面《つら》である。畳をぱしんと叩いて、勇実に詰め寄った。

「兄上さまとあの人を舟に引き上げるときも、舟ごと引っくり返るのではないかと、はらはらしました。山蔵親分も、よほどうまくやったんだなあ、普通はくるりと行っちまいますぜと、驚いていましたよ。まったくもう」

龍治と若い船頭が勇実と娘を舟に引き上げるまで、千紘は無我夢中で櫂を川の流れに突き立てていた。舟はぐらぐらと揺れ続け、すわ流されるか覆《くつがえ》るかの瀬戸際だった。

「千紘もずぶ濡れになってしまったものな。いや、千紘と龍治さんがいてくれて、本当に助かったよ。私は後先考えずに飛び込んだから」

「信じられないわ。せっかくの下ろしたての着物が台無しです。兄上さまったら、体を動かしたおかげで気持ちがよかったと言うのなら、日頃からもっと鍛錬《たんれん》をすればいいのよ」

千紘と龍治の渋面《じゅうめん》を前に、一人だけ機嫌のよい勇実が、ようやく笑いを引っ込めた。

「それにしても、あの人は一体どうしてしまったのだろうな。なぜ昼ひなかの川に落ちたのか」

あの人、と勇実が呼んだのは、やはり橋の上で千紘とぶつかった武家の娘だった。

「落ちたのかしら」

小首をかしげた千紘に、勇実はうなずいた。

「飛び込んだのではなく、落ちたのだと思う」

「でも、舟の上で自ら立ち上がったのですよ、あの人」

「千紘、やめよう。落ちたという言い方にしておこう。事情がはっきりするまでは、飛び込んだなどと、めったなことは口にせずにいたい。千紘も、あの人は顔色が悪くてふらふらしていたと言っただろう」

「ええ。血の気が引いて、唇なんて真っ白でした。何か怖いものを……幽霊やお化けでも目撃したら、あんな顔色になってしまうかも」

「気を失って落ちたのか、落ちた弾《はず》みで気を失ったのか。いずれにしても、元気じゃなかったことが、かえって幸いした。それほど水を飲まずに済んだのだからな」

「それもそうね。力が抜けていたおかげで、ぷかぷか浮いていましたし」

「水の中で暴れなかったおかげで、袖も川風が入って膨らんだままだった。この時季の薄い着物だったら、案外、人の体は水に浮くんだ。仰向《あおむ》けに浮いてくれていたのも幸いだった。あの人は運がいいよ」

勇実が泳ぎ寄って娘を抱え、息をしているのを確かめた。舟に引き上げても、娘はまだ気を失ったままだったが、川辺に寝かせて肩を揺さぶったときにようやく目を開けた。

ぼんやりとした目は、なかなか焦点を結ばなかった。勇実は娘の耳元で、大丈夫ですか、と繰り返し尋ねた。

何度目かの問い掛けに、はい、と娘のか細い声が答えた。勇実はほっとして、また尋ねた。

「お名前は何とおっしゃいますか」

「かめおか、きくか」

娘がささやいたのを、勇実も千紘も聞いた。

しかし、だんだんと意識がはっきりしてくると、きくか、と名乗った娘は口を開かなくなった。髪もほどけてしまい、着物もぐちゃぐちゃだったから、傍目《はため》には娘が武家なのか町人なのかさえわからなかっただろう。

自身番から駆けつけてきた番人たちに、一体何があったのかと問われた。千紘は、友達がお騒がせしましたと、とっさにごまかした。

　お目こぼしをしてもらえたのは、追っつけやって来たのが、矢島道場に馴染《なじ》みの深い目明かし、山蔵だったからだ。慣れない猪牙舟に乗った若い娘がめまいを起こしてしまい、川に落ちた。そういうことになった。

　きくかと名乗った娘は、千紘の友達という方便を使った以上、白瀧家に連れてくるよりほかになかった。

　娘は今、障子を隔《へだ》てた向こうで眠っている。髪も着物もずぶ濡れになり、くたびれ果ててしまったのだろう。湯屋から戻ってきたときには、どうも熱を出してしまった様子でうつむいていた。

「結局、一言も話してもらえなかったわ」

　千紘は、娘の眠る部屋のほうを見やった。

　勇実は立ち上がった。

「私は、今夜は手習所で休むとしよう。そのほうが、あの人も落ち着くだろう」

　龍治は腕組みをした。

「勇実さんが屋敷を空けて平気なのか？」

「見知らぬ人を泊めているのに、ということかな」

「ああ。名前しかわからねえんだろう」

「問題ない。身元がわかるものさえ何も持っていなかった、一人のか弱い娘さんだ。裏があるとも思えない。千紘とお吉がいるから大丈夫さ」

龍治は、やれやれと頭を振った。

「勇実さんはお人好《ひとよ》しだ」

「それを龍治さんが言うかな。千紘、何か変わったことがあれば、すぐに知らせるんだぞ」

千紘は背筋を伸ばした。

「わかっています。あの人は何も話してくださらないけれど、きっと事情があるのでしょう。間違いなんて起こさせません」

「おまえも気を張りすぎるなよ」

勇実は千紘の肩をそっと叩いた。

何かあればすぐに呼ぶように、と念を押した兄の背中を、千紘は見送った。一人になると、千紘はため息をついた。

「兄上さまはああ言っていたけれど、やっぱり、意に反して落ちたわけではないでしょう。飛び込んだのよ。でも、なぜなのかしら。何を思ってのこと？　あんなに顔色が悪かったのは、何があったのかしら。何を見たの」

今、娘のそばには女中のお吉が付き添っている。娘は守り刀も持っていなかったが、己の体を傷つけようと思えば、紐《ひも》ひとつで命を絶《た》つことだってできる。

千紘は膝の上で拳《こぶし》を握った。力になってあげたい、と思った。


「ねえ、きくかさん」

千紘が呼び掛けると、娘はびくりと目を見開いた。小さな唇は真一文字《まいちもんじ》に閉ざされているが、初めて会ったときよりも、いくらか血色はよい。

川に落ちた娘を屋敷に連れ帰った翌日である。

娘は、朝はまだ熱っぽい様子で、水を飲んだきりで再び眠ってしまった。昼餉《ひるげ》の頃になって起こすと、顔色はよくなったものの、何も食べたくないと身振りで示されてしまった。声を発してくれないのだ。

それでも千紘はめげずに、しつこく娘に話し掛けている。

「きくかさんとおっしゃるのでしょう。どんな字を書くのかしら。菊の花と書くの？　ああ、そうだわ。わたしの名前はこんな字なんです。数字の千に、糸へんの紘」

千紘は娘の手を取り、掌《てのひら》の上に指で字を書いてみせた。娘は長いまつげをまたたいて、ほう、と小さく息をついた。

「わかりました?」

問えば、娘はこくりとうなずく。

口が利《き》けないわけではないことは、初めからわかっている。しゃべりたくないのだろうが、かといって、千紘の手を振り払うでもない。

ただ、何もしようとしない。放っておくと、ぼんやりと畳の目ばかりを眺めている。

千紘は娘の手を離さず、また掌の上に指を走らせた。

「わたしの兄の名は、勇実といいます。字はこんなふう。勇猛果敢の勇に、真実の実と書いて、勇実。手習所の師匠をしているんですよ。筆子たちの前で、勇猛果敢の勇だと説《と》くと、似合わないと笑われていますけれどね」

娘はほんの少し首をかしげた。きちんと話を聞いているのは確かなようだ。

千紘は娘の掌に、菊の字を書いた。

「きくかさんは、お名前、どう書くのですか。菊、という字はこうでしょう。お花の菊。ね?」

　じっと娘の顔を見つめて待つと、あきらめたように、娘はこくりとうなずいた。千紘は、今度は自分の掌を紙の代わりに広げ、娘の人差し指を筆にした。

「次はあなたが書いてみてください。あなたのお名前、どんなふうに書くのですか」

　千紘は待った。娘の手は、千紘の手よりも乾《かわ》いて、夏だというのにひんやりしている。

　やがて、うっすらと汗をかいた千紘の掌を、娘の指先がなぞった。ふわふわと、ほとんど力の入っていない指先が、一つの名前を綴《つづ》った。

　菊香《きくか》。

　千紘は顔をほころばせた。

「菊の香りと書いて、菊香さんなのね」

　娘はうなずいた。そのままうつむいてしまったが、千紘は嬉しかった。開きっぱなしの木戸をくぐって、勇実が屋敷に戻ってきた。昼餉を取りに来たのだ。

　勇実は、千紘の傍《かたわ》らに菊香がいるのを見出《みいだ》すと、目元を和《やわ》らげて会釈《えしやく》をした。

「ゆっくりしていてください」

菊香にはそれだけ告げて、勇実はお吉を呼んだ。

心得ていたお吉は、弁当の包みを持って台所から現れた。

「むさくるしい男がいたら気が休まらんでしょう」

本気か冗談かわからない口調で言って、勇実はあっさりと木戸をくぐり、あちらへ行ってしまった。垣根《かきね》の向こうで、わあっと筆子たちの歓声が上がったのは、勇実と一緒に昼餉をとるのが嬉しいからだろう。

千紘は菊香に微笑《ほほえ》んでみせた。

「さあ、わたしたちもお昼にしましょう。ご飯が喉《のど》を通らないなら、水菓子はいかがかしら」

菊香は、勇実の背中を追い掛けていた視線を、また伏せた。長いまつげの陰になった目にどんな色が浮かんでいるのか、千紘には見えなかった。

三

「勇実先生、お嫁さんもらったのか？」

大二郎《だいじろう》が発した一言に、手習所は静まり返った。ちょうど庭にいた千紘は、どきりとして足を止めた。

静まり返った手習所は、たちまち蜂《はち》の巣をつついたような大騒ぎになった。勇実は一声二声、筆子たちをなだめようとしたらしいが、匙《さじ》を投げて頭を掻《か》いた。千紘は庭木の陰から手習所の様子をうかがった。風が通るように障子を開け放っているから、勇実を囃《はや》し立てる子供たちの様子が筒抜《つつぬ》けだ。

ぎゃあぎゃあと大騒ぎする声をどうにか聞き分けてみれば、どうやら、生垣《いけがき》の隙間《すきま》から白瀧家の屋敷をのぞき込んだ者がいたらしい。そのときたまたま縁側に出てきた菊香を目撃したのだ。

千紘は、むっと膨れた。

「のぞき見なんて、いけないわ。いくら幼《おさな》いからといっても許せません。兄上さまには叱《しか》ってもらわないと」

生垣に隙間があることも気づいていなかった。早急にふさいでしまおう。龍治に言えば、すぐ動いてくれるだろうか。

菊香を大川から引き上げたのは一昨日《おととい》のことだ。昨日の昼にどうにか指文字での受け答えがうまくいったが、それっきりである。菊香は口を利いてくれるどころか、目も合わせてくれない。

「わたしのことが鬱陶《うっとう》しいなら、お話ししなくてもいいけれど。でも、ご飯も食べてくれないなんて。どうしたらいいのかしら」

菊香の手は、ほんの少しかさついている。女中の手ほどに荒れてはおらず、職人の手のように硬くはない。

あの人の手はわたしの手に似ている、と千紘は思う。家の仕事をする、裕福ではない武家の娘。きっと筆を執《と》ることにも慣れた手だ。

食事を口にしないのはなぜなのか。体の具合が悪いようには見えない。気兼ねしているせいだろうか。

いずれにしても、事情を話してもらわないことには何もわからない。

「どこから来たのかしら、菊香さん。おうちのかたが心配しているのではない？」

姓は、かめおかと言ったように聞こえたけれど、どこにお住まいなのかしら」

千紘はつぶやいた。見上げる空は、憎たらしいほどきれいな色に晴れている。

ようやくのことで、手習所の大騒ぎが落ち着いてきたようだ。勇実は、ぱんぱんと手を打ち合わせ、筆子たちの注目を集めた。

「あの人は私のお嫁さんではない。ゆえあって、うちの屋敷で休んでもらっているんだ。失礼のないようにしてほしい。頼むぞ」

はぁい、と筆子たちは元気よく返事をした。が、年長の者たちは探るようなにやにや笑いを引っ込めていない。

筆子の親たちが勇実に縁談を持ってきたことは今までに何度もある。勇実がいつ誰と祝言《しゅうげん》を挙げるのか、筆子たちにとっては、おもしろおかしい関心事なのだ。

縁談といえば、勇実は実にあっさりしたものだ。たいていはその場で断ってしまう。向こうに押し切られ、席を設《もう》けられたこともあったが、過不足のない言葉で理屈を並べて断ってしまった。

兄は所帯を持つ気がないのではないか、と千紘は勘繰《かんぐ》っている。このまま独り身で手習所の師匠を続けるのが気楽だとでも思っているのではないか。

勇実は、のんびり屋の面倒くさがりで出不精《でぶしょう》だ。今は千紘が目を光らせているからよいが、いつか千紘が家を出ることになったら、勇実の暮らしはどうなってしまうのだろうか。

「駄目ね。わたしが独り立ちするより先に、兄上さまをどうにかしてからでないと危なっかしいわ」

もしも父が生きていたら、と考えてみることはある。父も少しのんびりしたところはあったが、武士としての気概を持ち合わせていた。

風邪《かぜ》をこじらせた父が呆気《あっけ》なく他界したのは、三年ほど前のことだ。何の心づもりもなかったから、父がいなくなったことを受け入れるまでに時がかかった。近頃になってようやく、あれから三年も経《た》つのだと、千紘は受け止められるようになった。故人となった父を思い返しても、父がどんな人だったのか、うまく言葉にすることができない。

父はもともと、きちんと勘定奉行の下で働いていたという。父が武家らしい勤めに出ていた頃のことを、千紘は覚えていない。

ふと。

かすかな足音が後ろから近づいてきた。

千紘は振り向いた。思ったとおり、龍治だ。龍治はにやりと笑った。

「驚かせてやるつもりだったんだが、千紘さんは勘が鋭いな」

「子供のようなことをしないでください」

「子供心を忘れないのは大事なことだぜ」

「龍治さんはもっと大人になったほうがよろしいんじゃありません？　わたしに何かご用ですか」

「ああ。千紘さんは今、暇《ひま》なんだろう。ちょっと出掛けないか？　うまくいったみたいなんだ」

「うまくいった？　何のことです？」

龍治は得意げに鼻をひくつかせた。

「亀岡《かめおか》菊香の素性《すじょう》にたどり着く糸口を見つけた」

「糸口ですって？」

「山蔵親分に一昨日のうちから頼んでおいたのさ。亀岡菊香という名前に心当たりがある者を捜しておいてくれって。山蔵親分も、もともとそういう人捜しが得意なやつを知ってたんで、二つ返事で引き受けてくれたってわけだ」

「それで、見つかったんですか」

「見つかったらしい。亀岡菊香の名を知っているってやつを今、つき屋で待たせている。どうだい、行くかい？」

千紘は即答した。

「行きます」

千紘は歩くのが速い。勇実や龍治と出掛けるときも、千紘のほうが先を歩くのがいつものことだ。

子供の頃からずっとそうだった。二人が付かず離れずのところにいるのをわかっていて、振り向いては「もっと速く」と急《せ》かしてみせる。

本当は勇実と龍治のほうがずっと足腰が強い。それをはっきりと知ったのは、千紘が十三の頃だった。

浅草《あさくさ》へ三社祭《さんじゃまつり》の山車《だし》を見物に行った帰り、千紘は下駄の鼻緒《はなお》が切れて転び、その弾みで足をひねってしまった。晩春の陽気な日だったが、痛みをこらえて唇を引き結ぶと、背中に冷たい汗が流れて止まらなかった。

あのときは、勇実と龍治が交代で千紘を背負って本所まで帰ってきた。千紘を背負っていても、二人とも歩みが遅れることも息を切らすこともなかった。肩幅のしっかりした勇実だけではなく、細身で小さく見える龍治でさえ。

千紘は、隣を歩く龍治を横目でちらりと見上げた。

いつもは兄上さまと一緒にだらだらと後ろを歩くくせに、と思う。千紘さんはせっかちだ、などと減らず口を叩いてみせるくせに、龍治は今、千紘の隣を歩いている。

勇実はこうではない。江戸の道を歩きながら遠いどこかに思いを馳《は》せるような目をして、己の歩みの速さを変えることはない。

「どうかしたのか、千紘さん。俺の顔に何かついているか？」

「いいえ。そうじゃありませんけれど」

「だったら、俺の横顔に見惚《みと》れていたのか」

「違います」

龍治は口を開けて、からからと笑った。

勇実や道場の門下生と並んで立つと子供じみて見える龍治だが、首筋も肩も存外しっかりとしている。仰向いて笑えば、尖《とが》った喉仏《のどぼとけ》が目立つ。

千紘は小さくかぶりを振って正面に向き直った。

兄が二人いるようなものだ。物心つくかつかないかの頃に今の屋敷に移り、境を接した龍治の屋敷と頻繁《ひんぱん》に行き来をしていた。

龍治が話を振ってきた。

「千紘さん、あの娘と何か話したか？」

通りは大いににぎわっている。千紘は、声が雑踏《ざっとう》にまぎれないよう、少し龍治に近づいた。

「何も話してくれないのです。わたしのほうからは、あれこれと話し掛けてはみたのですけれど。それに、食事もあまり召し上がらないから、どうしたものかしらと思って」

「そうか。千紘さんをあの娘のそばから引き離しちまったのは、危うかったかな」

「危ういって？」

「川にふらっと飛び込んじまったわけだろう。そういうことをまたやったりはしないかとな」

千紘はため息をついた。

「それは平気だろうって、お吉が言っていました。お吉が見るに、今は何かをするほどの元気もないようだって。ほら、川だったら、ふらっと飛び込んでしまうこともできるけれど」

「紐を天井の梁《はり》に括《くく》ってぶら下がってなんてことは、よっぽど気合が入っていないとできねえよな。そういうことをしそうにはないか」

「わたしがお節介《せっかい》を焼いても空回りするんです。菊香さんは何をするでもなく、黙って座ってばかりで」

「幽霊みたいだな」

「龍治さん、そんな言い方はよしてください。あの人は生きています」

「そりゃそうだが」

千紘は気を取り直した。

「つき屋さんに待たせている人というのは、誰なのですか」

「髪結いだよ。山蔵親分が懇意《こんい》にしている男で、ちょっとした曲者《くせもの》だという話だが」

「その人が、亀岡菊香さんの素性を知っているのですか」

「いや、どうなんだろう。あまり深くは聞いていない。あの娘につながるかもしれない、という言い方をしていた。だから、とにかく話を聞いてみようと考えてさ。昼八つ（午後二時頃）までなら待てるって、髪結いが言ってるそうなんだ」

「なるほど。それなら、善は急げですね」

千紘と龍治は足を急がせ、大川を越えた先、薬研堀のつき屋を目指した。

つき屋の親父、昭兵衛は、今日はことさらに不機嫌顔だった。

「あいつがいると、鬢付《びんつ》け油《あぶら》の匂いがきつくてかなわん。煮炊《にた》きの匂いと混ざって、飯がまずくなる」

文句をつけられても、件の髪結いはどこ吹く風だ。

髪結いは、名を伝助《でんすけ》といった。

細面《ほそおもて》の顔立ちは妙に色気がある。目尻に紅《べに》を刷《は》いているせいだ。煙管《きせる》をつまんだ手指の形まで、まるで錦絵《にしきえ》のように決まっている。

伝助は細い眉をくいと上げてみせた。

「そちらのお二人が、あたしの噂話《うわさばなし》を買ってくれるのかい」

目元に柔らかな皺《しわ》が寄るところを見ると、さほど若くはないはずだ。勇実よりも年上だろう。

だが、裏地の鮮《あざ》やかな帯は若衆風《わかしゅふう》だった。襟《えり》の抜き具合だとか、ほどよく崩れた髪だとか、一つひとつが垢抜《あかぬ》けている。千紘は物珍しく感じてしまい、ついつい、じっと見つめた。

龍治は人の好《よ》い笑みを浮かべ、伝助の掛けた床几《しょうぎ》に自らも腰を下ろした。

「この酒代を持てばいいんだろう?」

「そうとも」

「お安いご用だ。すぐに払ってやる。おおい、元坊。この人のぶんのお足《あし》はいくらになる?」

元助は帳場に引っ込んで読み上げた。

「ツケも入れて三百文です」

「おい、ツケまで払わされるのかよ。まあ、いいか。ほら、元坊。取ってくれ」

龍治が財布から小銭を出すのを、千紘は慌てて止めた。

「待って。ここはわたしが払います。噂話を知りたいのはわたしなんですもの」

「気にするな。俺も知りたい」

「でも」

「じゃあ、千紘さんは今度、俺に甘味でもおごってくれ」

「わかりました。それで手を打ちましょう」

龍治は伝助に向き直った。

「そういうわけで、伝助さん。山蔵親分からどのくらい話を聞いている？」

伝助は煙管をふかし、茶碗の酒を呷《あお》った。飲みっぷりだけは妙に男くさい。

「亀岡菊香という武家の娘を知らないか、とね。山蔵親分に問われたのさ。何でも、飛び込み騒ぎを起こした娘の素性を探っているんだってね」

「やっぱり飛び込みって話になっちまうか」

「噂が広まってるよ。落っこちたってんじゃなく、飛び込んだようにしか見えなかったってね。おもしろおかしく触れ回る瓦版《かわらばん》も出たそうだ」

「やめてくれよな。人の生き死にが懸《か》かった大事だったってのに。大川を泳いだ勇実さんも、舟を出した俺たちだって危うかったんだぜ」

「何にしても、大勢に見られた。ああいうのは、真似したがる連中が出ちまうもんだ。山蔵親分たち岡っ引き連中にとっても、ちょいと放っちゃおけないってんで、内々にきちんと調べておきたいんだってさ」

「内々にね。おおっぴらにはしないでもらえるわけだな。そいつはありがたい。それで、伝助さん。あんたはどこで亀岡菊香の名を知ったんだ？」

伝助は再び煙管をふかした。

「あたしは人から聞いた話を忘れないのが自慢でね、亀岡菊香という名前は、お得意さんのところで聞いたんだよ」

「お得意さんってのは、武家か？」

「そうとも。あたしゃこう見えて、八丁堀《はっちょうぼり》の旦那方のお屋敷に出入りをしているんだ。住み込みの女中が商売相手だけども、奥さまがたにも贔屓《ひいき》がいる。この顔がちょいとばかり人気だからさ」

「役者みてえだもんな。仕草の色っぽいのが女形風だ」

千紘は龍治の隣に腰を下ろし、伝助に尋ねた。

「菊香さんのところにも通っていらっしゃるのですか」

「いや、亀岡家には出入りしたことがない。そうじゃなくてねえ、あのお嬢さんのことは、ちっとばかし気の毒な噂を耳にしちまって」

「気の毒な噂って、何か悪いお話なのですか」

伝助は大げさに顔をしかめてみせた。

「菊香さんという人が悪いわけじゃあない。ただ、あたしゃね、菊香さんの名前を聞いた家のお坊ちゃんが嫌いなんだ」

「嫌いだなんて。はっきりおっしゃるのですね」

「おっしゃいますとも。その坊ちゃんってのは、顔が少々いいのを鼻にかけている、いけ好かない野郎なんだよ。顎の突っ張ったご面相のくせにさ。見栄っ張りで金遣いが荒い野郎で、ああ、やだやだ」

「そのお坊ちゃんというかた、お家はどちらなのですか」

「浅倉《あさくら》さまってんだ。親父さんは南町奉行所《みなみまちぶぎょうしょ》の内勤めの同心《どうしん》で、赦帳撰要方《しゃちょうせんようかた》人別調掛《にんべつしらべがかり》っつったな。撰要類集《せんようるいしゅう》（判決例）や人別帳《にんべつちょう》を扱うお役目だそうだ」

「そんなお役目があるのですね」

「浅倉さまの親父さんは、地味なお人じゃあるが、仕事ぶりはまあまあ評判がいい。懐具合《ふところぐあい》のほうは、そう潤《うるお》ってないようだけどね。あの坊ちゃんが散財してんじゃないかね。お堅い役目が務《つと》まるようにゃ見えない坊ちゃんだよ、本当に」

千紘は嫌な感じを覚えた。

「浅倉さまのお坊ちゃんと亀岡菊香さん、どういう関係なんですか」

伝助は煙管をくわえ、ぷかりと煙を吐いた。

「許婚《いいなずけ》だっていう話だったよ。子供の頃から決まっていた仲なんだそうだ。亀岡家のご息女《そくじょ》はおとなしいお嬢さんで、あのお坊ちゃんにはご執心だと聞いた」

「ご執心？　でも、浅倉さまのお坊ちゃんって、駄目な人なのでしょう」

「外面《そとづら》だけはいいみたいだからね。いるだろう、そういうやつ。浅倉家と亀岡家、この夏には結納《ゆいのう》をしちまって、早いとこ祝言を挙げようって話だったはずだ。ところがどっこい、お嬢さんのほうに飛び込みの噂が立ったそうじゃないか」

千紘と龍治は顔を見合わせた。

「おかしな話ね。あの菊香さんが、ご執心なお相手との祝言を控えているだなんて」

「とてもじゃねえが、そうは見えねえよな。ふらっと川に落っこちたのも、そのへんの事情が絡んでるってことか」

伝助は、ひらひらと手を振った。

「あたしが売るのは噂話だけだ。真偽のほどを確かめたければ、手前《てめえ》の足でその場へ行って、手前の耳で話を聞いてくるんだね」

八丁堀には、奉行所勤めの与力《よりき》や同心の屋敷が建ち並んでいる。北のほうには与力の拝領《はいりよう》屋敷、南のほうには同心の組屋敷が多いと聞くが、千紘は不案内だ。

それでも、伝助の教えてくれたとおりに道を進み、医者や学者の表札が掛かった長屋で幾度か尋ねると、浅倉家の屋敷を見つけることができた。

やや遠目に屋敷をうかがいながら、龍治は言った。

「奉行所の花形は吟味方《ぎんみかた》だよな。そうじゃなけりゃ、廻《まわ》り方《かた》同心だ。何にせよ、付け届けが引っ切り無しで、実入りがいいというじゃないか。うらやましい話だ」

「撰要方というお仕事だと、そんなこともないのかしら。伝助さんも言っていたとおり、浅倉さまのお屋敷は質素ですよね」

「金が有り余ってる侍なんて、めったにお目に掛かれるもんじゃないだろう」

「つい一昨日、見掛けたではないですか」

「あんなお大尽《だいじん》、初めて見たぜ。大身旗本《たいしんはたもと》でもあるまいし、あんなに騒ぎまくって、品のないやつらだったな。お咎《とが》めがあっても知らねえぞ」

「龍治さん、ずいぶん手厳しいですね」

「やっかんでるだけだよ。人前でべたべたといちゃつくやつは、花火でも食らって爆ぜちまえばいい」

千紘と龍治が訪ねていってみると、浅倉家は来客の対応に追われていた。数組の客が木戸門の前で立《た》ち往生《おうじょう》している。中がどうやら騒がしい。忙しいときに来てしまったのだろうかと、千紘は勘繰った。伝助が言った結納や祝言の話が本当だとしたら、家じゅうの者が大わらわでもおかしくはない。

ところがである。

木戸門の中から聞こえてくるのは、祝い事とはほど遠い怒鳴り声だ。野次馬が門を取り巻いて、様子をうかがっている。

一方的にまくし立てているのは、若くはない男の声だった。

「話が違うと申しているのです！　奥さま、あなたでは話になりません。浅倉さまをお呼びください」

「ですから、夫は勤めに出ていると……」

「ならば、息子さんはどちらですかな。ずいぶん浮かれておいでだったと風の噂に聞きましたぞ。どういうことですか」

「いえ、息子も、ちょっと……」

「私どもの娘を何だと思っていらっしゃるのか！　縁談を進められぬのは身内の不幸が重なったゆえの仕方のないことと、そう打ち明けられればこそ、我々も涙を呑んで納得したのです。それを、それを……！」

千紘と龍治は伸び上がったりしゃがみ込んだりして、客たちの隙間から木戸門の中をのぞいた。

顔を真っ赤に怒らせているのは五十ほどの男である。きちんとした身なりの武士だった。まさか人目もはばからずに怒鳴るような人物には見えない。

男の傍らで泣き崩れている女がいる。男にすがりつく様子から、男の妻であろうと察しがついた。女の背中を支えながら、十三、四とおぼしき前髪姿《まえがみすがた》の男の子がおろおろしている。

怒鳴られているのが、話の流れから察するに、浅倉家の奥方だ。息子というのが、伝助の言う「嫌なお坊ちゃん」だろう。

屈《かが》み込んだ龍治は、背伸びをした千紘を見上げた。

「話がこじれているみたいだな」

「縁談が駄目になったようですね」

男は真っ赤な顔でなおも怒鳴っている。

「直々《じきじき》に話をさせていただきたいのです。私どもの娘をどこにやったのですか！」

「存じません。縁談をお断りした上は、もう関わりはございませんから」

「帰ってきていないのですよ！　風の噂に聞き及びましたが、まだ結納も済ませていない男女が花嫁花婿《はなよめはなむこ》の晴れ着で舟遊びをしていたと。花婿の羽織には三つ鱗の紋が入っていたという噂ではありませんか。浅倉さまの家紋も三つ鱗でございましょう」

千紘と龍治は目を見合わせた。

「一昨日の花嫁さんと花婿さんって、もしかして」

「渦中《かちゅう》のどら息子だろうな。相手は誰だ？」

そのときだ。

目の端に人影がちらついた。

千紘は勢いよく振り向いた。物陰に隠れるようにして、若い男がこちらをうかがっている。千紘と目が合ったかと思うと、若い男はびくりと動きを止めた。見覚えていたわけではない。だが、直感が「あれだ」と告げた。千紘は指差した。

「龍治さん、あの人をつかまえてください！」

すかさず龍治は駆け出した。

若い男は慌ててくるりと背を向けたが、足がもつれている。あっという間に、龍治は男に追いついた。

「おいおい、どうして逃げるんだい」

龍治はごく軽く男の手をつかんだ。そう見えたが、つかまれた男は振り払うこともできず、痛がって情けない悲鳴を上げた。龍治はそのまま、男を浅倉家の門前へ引っ張ってきた。

野次馬の一人がぽかんとして言った。

「ありゃ、浅倉さまのお坊ちゃん。このたびはおめでとうございます、と申してよろしいのでしょうか」

屋敷の中の声がやんだ。

先ほどまで怒鳴っていた男がこちらを振り向くや、猛然とすっ飛んできた。千紘も龍治も、思わずのけぞった。

男は問答無用だった。お坊ちゃんの襟元をひっつかむと、凄《すさ》まじい勢いで見事な背負い投げを決めた。地に叩きつけられたお坊ちゃんは、ぐう、と声にならない呻《うめ》きを上げた。

千紘は改めて、お坊ちゃんの顔を見た。おおよそ整っているが、四角く顎の張った顔立ちである。確かに、あの派手な舟遊びの花婿だ。

お坊ちゃんを投げ飛ばした男は、なおも真っ赤な顔をして息巻いている。男の息子らしき男の子が飛んできて、もうおやめください、と訴えた。

千紘はおずおずと尋ねた。

「あの、一体何があったのですか。亀岡さま、ですよね」

男はうなずいた。血の気の上《のぼ》った顔ばかりが赤いのではない。目が真っ赤だ。泣き腫《は》らしたのだろう。

「亀岡と申します。騒ぎ立てて申し訳ない。しかし、この者が私の娘の行方を隠しておるやもしれんのです」

よろよろと歩み寄ってきたのが、男の妻だろう。女は静かに頭を下げた。その髪か袖から、くちなしの香りがした。

千紘は、はっとした。

「菊香さんの着物と同じ香りだわ」

亀岡家の三人が大きく目を見開いた。前髪姿の男の子が弾んだ声を上げた。長いまつげに縁取《ふちど》られたまなざしが、きらきらしている。

「姉上をご存じなのですね。姉上は今、どちらに？」

千紘は答えた。

「ご案内できますよ」

菊香の両親と弟が、ぱっと顔を輝かせた。

四

手習いを終えた筆子たちが帰ってしまうと、急に静かになった。勇実は道場をのぞいてみたが、千紘も龍治も留守のようだ。どこに行ったのだろうか。

勇実は、一緒に稽古《けいこ》をどうかという門下生からの誘いを断り、屋敷に戻った。縁側の障子はいつものとおり開け放たれていた。

菊香は部屋の隅で、千紘が置いていったらしき書物を読んでいる。同じ部屋でお吉が繕《つくろ》い物《もの》をしている。

勇実は何となく立ち止まり、そこにある情景に見入った。

遠くの蟬《せみ》の声と、庭の木々のささやかな葉擦《はず》れ。そんな音が聞こえるだけの昼下がりだ。どこか懐《なつ》かしい。ここへ越してくる前、母が生きていた頃に、ちょうどこれと似たような情景があった。

ふと、菊香が目を上げた。勇実が戻ってきたのに気づいて、会釈をする。

お吉は手を止めて、よっこいしょ、と立った。

「ご苦労さまでございます。麦湯《むぎゆ》がありますよ。そうそう、それと、水羊羹《みずようかん》をいただいたんですよ。おやつに召し上がってくださいな」

お吉はいそいそと台所へ引っ込んだ。勇実と菊香がそこへ残される。何となく目が合いかけたのを、勇実のほうがそらした。

気恥ずかしさが勇実の胸にせり上がってきた。知り合ったばかりの嫁入り前の娘に、今は亡き母の面影《おもかげ》を重ねてしまった。礼を失した、申し訳ないことだ。

勇実は、勝手口のところに置いてある木刀を取った。よく使い込んだ木刀だ。柄《つか》には両手の跡がついている。

出がけにひょいと手に取れるところに木刀を置くのを、龍治には呆れられる。

傘じゃねえんだぞ、と。だが、便利なのがいいのだ。思いついたときすぐに素振りができるのがいい。

矢島道場で使う木刀は、近頃流行している袋竹刀《ふくろしない》と違って、ずしりと重い。素振りをすれば、ぶんと、打たれた風が低く唸《うな》る。

勇実は木刀を晴眼《せいがん》に構え、打ち込んだ。木刀を引き、また晴眼に構えて打つ。ただ無心に同じことを繰り返す。

龍治は一人で木刀を振るうときも、誰かとの戦いを思い描くのだと言う。幻《まぼろし》の戦いの相手は、父であったり門下生であったり、伝説に聞く剣豪であったり、時に勇実であったりもするそうだ。相手の剣技を思い描きながら、いかにすれば勝てるかと、龍治は頭を使って体を動かすらしい。

そういうことができるから、体格に恵まれていなくとも、龍治は強いのだ。これからもっと強くなれるだろう。

勇実はそうではない。頭を空っぽにするために木刀を振るう。

同じ速さで、同じ高さで、ただ木刀を打ち続ける。百でも二百でも、黙々と繰り返す。己がだんだんと真っ白になっていくような、この時が好きなのだ。

お吉が麦湯と水羊羹を置くのが目の端に見えた。お吉は何かを菊香に告げ、裏戸から出ていった。買い物にでも行ったのか。

体じゅうの筋肉が熱い。軽く上がった呼吸が心地よい。一太刀《ひとたち》、また一太刀と、鼓動《こどう》を刻《きざ》むように打ち込み続ける。

どれだけそうしていただろう。

菊香がこちらをじっと見ているのに、唐突《とうとつ》に気がついた。その弾みで足運びが乱れ、集中が解けた。

勇実は木刀を振るうのをやめた。さほど長い間でもなかったはずだが、汗びっしょりだ。

「少し、体がなまっているかな」

そっと苦笑する。

勇実が振り向くと、菊香はびくりと体を硬くし、顔を隠すように頭を下げた。どこか遠くから蟬の声が聞こえてくる。

勇実は縁側に腰掛けた。菊香がそろそろと立ち上がり、麦湯と水羊羹の盆を持って縁側に出てきた。

菊香は自分と勇実の間に盆を置き、反対側に座った。隣同士と呼ぶには離れている。

勇実は腕を伸ばして湯呑《ゆのみ》を取り、冷ました麦湯を一息に呷った。水気を体に入れた途端に、またぱっと汗が出る。人の体は正直なものだ。

横顔に菊香の視線を感じる。菊香はちらちらと勇実をうかがいながら、麦湯の湯呑に口をつけた。勇実は菊香のほうを向かぬまま、言った。

「水羊羹も召し上がれ。妹がいっとう気に入っている店のものです。何という店だったかな。何度教わっても、屋号が覚えられないのですよ。でも、うまいのは確かです。召し上がってください。ああ、もし甘いものが嫌いでないなら」

風に吹かれた花弁が地面に落ちるくらいの、ふわりとした間があった。

それから菊香は答えた。

「申し訳ありません。お世話を掛けるばかりで」

可憐《かれん》な声だ。

答えをくれたことに、勇実はひっそりと驚いた。勇実は、できるだけそっと微笑んだ。

「妹がうるさくて、すみませんね。かえって息が詰まったでしょう」

「そんなことはありません。ごめんなさい。わたし、どう受け答えをすればいいのか戸惑ってしまって、本当に、あの……口も利かずに、千紘さんには失礼な態度ばかりを取ってしまいました。謝らなければと思うのに、丸一日も黙りっぱなしで、もうどうやって口を開いていいか、わからなくなってしまって」

「千紘は気にしませんよ。あなたも、そう気に病《や》まないでください」

「でも、千紘さん、怒ってしまったのではないでしょうか。急に出掛けてしまいました」

「千紘が突拍子《とっぴょうし》もないことをするのは、いつものことです。あなたのせいで出ていったわけではありませんよ。ああ見えて、千紘はあまり怒らないんです。不甲斐《ふがい》ない私だけは、よく怒られていますが」

「不甲斐ないのですか」

「そうなんですよ。勇猛果敢の勇に、真実の実などと、名前ばかりは大層ですが、中身が伴《ともな》っていないんですよ」

まったくもって勇の字が似合わないと、今こうして話をしながらも、そう思う。ぺらぺらと、いつになく舌が動いてしまうのは、若い娘と二人並んでいるせいだ。

菊香は、千紘とはまるで違う生き物のようだ。そんなはずはあるまいとわかっているが、その名のせいだろうか、花の香りをまとっているかに感じられる。

落ち着かなければ。

勇実は、空になった湯呑を置いた。呼吸ふたつぶんほどの間を置いて、菊香が動いた。鉄瓶《てつびん》から、勇実の湯呑に麦湯を注ぐ。

そしてまた、菊香は庭のほうを向いた。勇実はちょっと会釈をして、湯呑を手に取った。

沈黙が落ちる。黙っていられなくなって、勇実はすぐにまた口を開いた。

「お昼、何か召し上がりましたか」

「はい。いただきました。おむすびを」

「それはよかった。千紘と一緒でしたか」

「いいえ。千紘さんはお昼前にどこかへ出掛けてしまわれたので、わたしひとりでした」

「しょうがないな、あいつも。菊香さんを頼むと言っておいたのに」

勇実は水羊羹の小皿を一つ、自分のほうへ引き寄せた。菊香の視線がついてくる。勇実が水羊羹を頰張《ほおば》ると、菊香もそろりと自分の小皿を手に取った。

「いただきます」

「どうぞ。お口に合えばいいのですが」

「甘いものは好きです。お昼のおむすびも、おいしかったです」

「おむすびは、私のせいですね。考え事を始めると上の空になってしまうので、食べやすい形をしたものが好きなんです。おかげで、我が家はおむすびが多い。ものぐさでしょう」

「ものぐさ、でしょうか」

「ええ。ぼんやりしていると、千紘には叱られてばかりですよ」

勇実は冗談めかしたつもりだった。菊香は笑わなかった。

「ぼんやりなど、してはいらっしゃいません。ぼんやりしているというのは、わたしのような者のことを言うのです」

「では、似た者同士だ」

「似ていません。わたしは、あなたに助けられて……助けていただき、ありがとうございました。今さら、ようやく申し上げるなんて、わたしは本当にぼんやりしています。ごめんなさい、本当に」

勇実はほっとした。助けたことをなじられるかもしれない。そう思わないでもなかったからだ。

「どういたしまして。あなたは運がよかったんですよ」

「運は、悪いと思います。間が悪くて、要領が悪くて、器量も悪いほうで」

「悪いことばかりではないでしょう」

「いいえ、悪いことばかりです。下手をしたら、あなたの命も危うかったのでしょう？　大騒ぎを起こしてしまって……ぼんやりしていたあまり、ほとんど覚えてすらいないのですけれど、本当に、本当に……」

菊香は声を震わせた。深くうつむいて、背中を丸めている。

勇実は思案した。何をどう言ってやれば、菊香は顔を上げてくれるのだろうか。菊香がもしも筆子なら、と考えかけて、やめた。若い娘さんと子供らと、一緒にするのは正しくない、ような気がする。

この年頃の娘と言葉を交わすことなど、普段はない。千紘は型破りだし、妹だ。どうしたものか。

いつの間にか水羊羹を食べ終えていた。傍らに置いていたはずの木刀を再び手にしている。その手元に、菊香の臆病《おくびょう》そうな視線を感じた。

ああ、と勇実は苦笑した。

「こんなものが近くにあると、恐ろしいでしょう」

意外にも、菊香はかぶりを振った。

「見慣れております。父も、暇さえあれば庭に出て木刀を振るう人ですから」

「それは勇《いさ》ましい。私は頭が疲れてくると、先ほどのように素振りをするんです。ぼんやりするためにね」

「ぼんやりですか。手練《てだ》れのかたは、そんなふうに感じていらっしゃるのですね。わたしも、父に竹刀を持たされたことがあるのですけれど」

「おや」

「少し変わり者なのでしょうね、わたしの父。わたしは十三の頃まで、それが当たり前だと思って、庭先で剣術の稽古をしていました。結局、わたしなんか鈍くさくて、ちっともうまくなりませんでしたけれど」

「男の子でも、そうそうたやすく剣術の腕が上がるわけではありませんよ。女であればなおさら、男よりも力が弱い。男と同じ刀の振るい方をしては、体を傷《いた》めかねません。肩や腰が痛くなったことはありませんか」

「いえ、ありませんでした」

「それは幸いなことです」

菊香は、麦湯をほんの少し口に含んだ。

小さな人だ、と勇実は思った。

むろん、幼い筆子のほうが、菊香より体が小さい。菊香の背格好は、千紘とさほど変わらないだろう。だが、菊香はひどく小さいように感じられる。目を離した隙に消えてなくなるのではないか。そんな恐れが胸をよぎる。しかし、乱暴なまなざしをちらとでも向けてしまったら、壊れてしまうのではないか。そうも思う。

勇実は、横顔を菊香に向けたまま、庭のほうを見ているふりをしながら、ぴりぴりと菊香の様子をうかがっている。菊香は時折、勇実のほうを見る。

菊香は口を開いた。

「かぐや姫の物語、ご存じでしょう。光る竹から現れた愛らしい姫君は、たちまち美しく成長して、国じゅうに知れ渡ります。姫を娶《めと》りたいと名乗り出る公達《きんだち》は五人。姫はそれぞれに難しいお題を出すのです」

唐突な話だった。

勇実は面食らいながらも、おとぎ話の筋書きを頭の中でなぞった。

「五人の公達にそれぞれ、珍しい宝を探して持ってくるように告げるのでしたね。仏《ほとけ》の御石《みいし》の鉢《はち》、蓬萊《ほうらい》の玉《たま》の枝《え》、火鼠《ひねずみ》の裘《かわごろも》、龍《たつ》の首《くび》の珠《たま》、燕《つばめ》の産んだ子安《こやす》貝《がい》でしたか」

「手に入るはずもない宝物を持ってきなさいと、姫は言ったのです。何て意地の悪い人かしらと思ったことはありませんか」

「意地が悪いかどうかはわかりませんが、姫のために宝探しの旅に出た男たちはなかなか見どころがあると、筆子たちが言い出したことがあります。危うい旅の一つや二つ、やってのければいいじゃないかと」

「そう……なるほど。そんな考え方もあるのですね。宝探しの旅ですか」

「やんちゃ盛りの男の子たちにとって、姫と帝《みかど》の恋物語より、誰も手にしたことのない宝物の話のほうこそ、興味を惹かれたようですよ。それで、かぐや姫がどうしましたか」

菊香はぽつりと言った。

「姫は美しく、賢くて、度胸もありました。人を試すだなんて、わたしにはできそうにもない。自分にふさわしいのは宝物を持ってくる人、だなんて。そんな大層な条件をつける度胸はありません」

「あの宝物は、何かのたとえ話でしょう。かぐや姫の物語は、端々《はしばし》に不老不死への願いが見て取れると聞きますが」

「姫が竹取《たけとり》の翁《おきな》とその妻と、愛する帝のために残していったのは、不老不死の妙薬《みょうやく》だったといわれています。そんなもの、この世にありはしないのに」

「そう。あれは物語です。自分の身に置き換えて憂《うれ》えるようなものではないと思いますが」

菊香は、ふわりと首をかしげた。

「あるところに、一人の娘がおりました。娘の家はさほど豊かではありませんでしたが、娘は幸せでした。年頃になれば夫婦になると約束を交わした男がおり、その日が来るのを楽しみに待っていたのです」

今度は何の物語か、とは尋ねない。

勇実は口を挟まずに、じっと耳を傾けた。

「娘はやがて年頃になりました。男も元服《げんぷく》を済ませ、町で評判の若武者ぶりです。娘の親は花嫁道具を揃えて待っておりましたが、男の家から破談の知らせが届きました。身内の喪《も》に服さねばならぬ。あなたをもう待たせてはおけぬから、よそで幸せになっておくれ、と」

身内とは誰のことだろう。武家においては、親が死ねば十三月、祖父母が死ねば百五十日の喪に服すべしと、ご公儀の下では取り決めがある。

なお、古代中国の儀礼を記録した『礼記《らいき》』に従えば、親の死に際しての服喪《ふくも》は三年だ。これを忠実におこなうなら、許婚を三年も待たせはするまい。申し訳ないが破談にすると、相手に伝えるかもしれない。

だが、そんなことは考えにくいだろう。『礼記』を知る勇実であっても、父の死から三年もの喪に服そうとは露《つゆ》も思わなかった。そんなことをしていては、暮らしが立ち行かない。

ならば、菊香の語る娘の婚姻《こんいん》は、なぜ破談になったのだろうか。服喪などと罰《ばち》当《あ》たりな口実をつけて、古くからの約束を反故《ほご》にするとは。

菊香は言った。

「娘は泣く泣く破談を受け入れました。夜も眠れず、食もすっかり細くなって、ふらふらと日々をやり過ごすうち、季節が一つ巡りました。何かに誘われるように川辺を歩いておりますと、華《はな》やかな船がどんぶらことやって来るのです」

ああ、と勇実は息をついた。

菊香は淡々《たんたん》と続けた。

「町で評判の若武者は、晴れ着をまとって、なおのこと凛々《りり》しく男前でした。男の傍らには、花嫁姿の若い娘の姿がありました。娘は、町で評判のお金持ち。働いたことのない手は真っ白で、上等な紅を刷いた唇はみずみずしく熟《う》れております。実にお似合いの二人でした」

　勇実はとうとう、口を開いた。

「浮かれた船はどこかへ流れていきましたよ。きっと、もう二度と見ることもないはずだ」

「人々は噂をするでしょう。破談のすぐ後に、あんなに派手な屋形船ですもの」

「噂など、秋が深まる頃には消え去っていますよ」

　菊香はうつむいた。

「消えてしまいたくなったのです。わたしのほうこそ、消えてなくなってしまえばいい。そうしたら、水がわたしを差し招いているように見えました。舟に乗って、ぼんやりと水面《みなも》を眺めるうち、気がついたら、わたしは……」

　勇実は菊香のほうを向いた。目を合わせてはもらえない。だが、じっと見つめて言った。

「あなたはここにいる。冷たい水の中でも、あなたのぬくもりは失われていなかった。あなたの命はまだ消えません。あなたの中にあるつらい思いなど、川に流して、あなたは忘れてしまえばいい。消えるべきは、悲しみです」

　菊香は顔を上げなかった。

「みじめですよね。本当に、みっともない」

「私にはそんなふうには思えませんが」

「わたし、まるで蚊帳《かや》の外でした。それも仕方のないことだったのでしょう。こんなにぼんやりした女ですから。だますのも、出し抜くのも、簡単なんです」

勇実は少し迷い、しかし言った。

「人を出し抜くような男のもとにあなたが嫁《とつ》がずに済んで、よかったと思いますよ。その者を世渡り上手と称賛《しょうさん》する人もいるかもしれませんが、私のようなものぐさな者からすると、その者のそばにいるのはくたびれそうです」

菊香の吐息が震えた。蚊の鳴くようにか細い声が告げた。

「それでも、あの人のところに嫁ぐのだと、幼い頃からずっと信じてきたのです。歩いていた道が、いきなり、消えてなくなりました。これから何を信じていけばいいのか、もう、何もかもが怖くてたまりません」

「道がなくなった、か」

「おわかりにならないかもしれませんが」

勇実はそっと笑った。

「いいえ。似た思いは、昔、味わったことがありますよ。母が死に、そのすぐ後に父がお役を辞して、小普請組のこの屋敷へ越してきた頃。何もかもが変わってしまい、どう歩いていけばよいのやらと途方に暮れました。三年前に父が亡くなったときもです」

菊香は目を上げた。長いまつげに涙が宿《やど》っている。

「どうやったら、新しい道を見つけられますか」

「わかりません。筆子たちの前で偉そうなふりをしていますが、私は少しも偉くないし賢くもありませんから」

「ご謙遜《けんそん》を。わたしなんて……」

何を言おうとしたのだろうか。言葉は尻すぼみに消えた。

それでよい、とも思う。悪いことは口に出してしまわないほうがいい。

どこかで鳴いていた蟬の声が、ふと、やんだ。と思うと、駆けてくる足音が聞こえた。千紘ではあるまい。龍治でもない。

門のほうから大声が聞こえた。

「姉上、いらっしゃいますか！」

菊香が、はっと顔を上げた。

勇実は微笑んだ。

「お迎えが来たようですね」

「弟です。でも、なぜ……」

「あなたを心配してのことでしょう。私の妹たちが何か世話を焼いたみたいだ。お節介でしたか？」

菊香は膝の上でぎゅっと手を握り締めた。その手はかすかに震えており、菊香の横顔には戸惑いが見て取れたが、逃げ出すそぶりはない。

勇実は、幼い筆子に告げるように、言った。

「表へまいりませんか」

菊香は、こくりとうなずいた。

「はい」

菊香たちを見送るために勇実が門の外に出たので、千紘はそのまま勇実を花火見物に引っ張っていくことにした。

大川の流れは今日も変わらない。あでやかな芸者を乗せた屋形船が行くのを、千紘は橋の上から眺めた。

のんびりと追いついてきた勇実を、横目で見上げる。

「兄上さま、菊香さんをどうやって説得したのですか」

「説得なんかしていない。少し世間話をしただけだ」

「わたしは最後まで、ちゃんとお話ししてもらえませんでした。結局、余計なことしかできなかったのですよね」

「千紘と龍治さんが走り回ってくれたから、菊香さんが無事に帰っていけただろう」

「でも」

「次に会うときには、もう少し仲良くなれるんじゃないか？」

千紘は頬を膨らませた。

「そうできたらいいのですけれど」

浅倉家のお坊ちゃんを投げ飛ばしたのは、菊香の父だった。

野次馬を躱《かわ》して浅倉家から離れ、少し頭を冷やした後、菊香の父がすべて話してくれた。それで千紘は得心した。

今年最初の花火見物に繰り出そうとして、両国橋の上で菊香と出くわしたとき、菊香は幽霊のように顔色を失っていた。傷心《しょうしん》の菊香が何を目撃してしまったか。その胸の痛みを思い描くだけで、千紘はふつふつと怒りが湧《わ》く。

「やっぱり、わたしもあのお坊ちゃんをひっぱたいてくればよかったわ」

「何を物騒なことを。もう二度と顔を合わせることもないだろう。そんなやつのためにかっかするものではない」

でも、と千紘は口答えをしようとした。その言葉を引っ込めた。

龍治が身軽に駆けてくる。道場の用事を一つ済ませてから落ち合う手筈《てはず》になっていたのだ。

「すまん、待たせた。先に店に行ってくれてよかったんだが」

千紘は気を取り直した。日傘をくるりと回して、笑顔を作り直す。

「そんなに待っていませんよ。それじゃ、行きましょうか」

今日こそは花火見物である。

そろそろ夕暮れ時に近づいた両国橋を、千紘を先頭にして、三人は歩いていった。

第三話　神童問答《しんどうもんどう》

一

千紘さんは、よい字を書きますね。

そんなふうに先生に誉《ほ》めてもらった日のことを、千紘はよく覚えている。初めて手習所に行った日、紙からはみ出すほどに大きな字を書いて、誉められた。

先生の名は百登枝《もとえ》という。

百登枝は、一千石取りの旗本、井手口《いでぐち》家当主の生母である。両国橋東詰に建つ広い屋敷の離れに隠居して、そこで手習所を開いている。

字を誉めてもらったその日から、千紘は、百登枝の手習所が大好きだ。父や兄に教わっても楽しくなかった読み書きは、百登枝に習うようになって、急に楽しくなった。

ごく若い娘の頃から、百登枝は才女と名が高かったそうだ。男に生まれていればと、さんざん言われていたという。

さもありなん、百登枝は漢文もすらすらと読みこなし、漢詩を詠《よ》むのも朝飯前。星の名前でも花の名前でも、何でも知っているのだ。

百登枝が離れに手習所を開いたのは、十年ほど前のこと。それまでは、百登枝のほうが出向いていって、旗本の子女に読み書きを教えていた。体がだんだんと疲れやすくなるのを感じ、筆子の訪れを待つ手習所へと、やり方を変えたのだった。

その朝。

筆子たちがまもなくやって来る、静かなひとときである。

「変わりませんね、千紘さんは」

千紘の手元をのぞき込んだ百登枝がにっこりと微笑《ほほえ》んだ。千紘は小首をかしげ、頰《ほお》に手を当てた。

「変わらないって、何のことでしょう」

「本当に伸びやかな字を書くこと。わたくしは、あなたの書く字が好きですよ」

「ありがとうございます」

「助かりますよ、千紘さん。わたくしの代わりに、こうして字を書いてくれて。

困ったものだわ。どうにも手が利《き》かなくなってきてねえ。夏風邪《なつかぜ》の熱はやっと引いたのだけれど、あちこち調子が戻らないのですよ」

百登枝が還暦《かんれき》を迎えたのは五年前だ。百登枝は日々少しずつ、しかし確かに衰《おとろ》えつつある。

もともとほっそりとした体つきだったのが、近頃はなおのこと細くなった。かすかな震えが止まらない手は、骨がひどく目立つ。まだ暑さの残る季節だというのに、その手はひんやりしている。

千紘は微笑み、とん、と己の胸を叩いてみせた。

「お任せください、お師匠さま。病み上《や》《あ》がりに無茶をしてはいけません。困ることがあれば何でもおっしゃってくださいね」

「ありがとう、千紘さん」

千紘が百登枝の手習所を手伝い始めて三年になる。

百登枝の筆子は武家に限らない。どんな家の子だろうと、百登枝は分け隔《へだ》てなく接するので、筆子たちの家の事情はいろいろだ。まだ幼《おさな》い弟妹を背負ってくる子もいる。

やがて、今日も筆子たちが次々とやって来た。

「おはようございます、百登枝先生、千紘先生」

いつしか千紘も、先生と呼ばれるようになった。初めは慣れなかったが、今では誇《ほこ》らしい。そう呼ばれるにふさわしい振る舞いをしなければと、いつも心に念じている。

思うに、女の子のほうが男の子よりも早熟だ。勇実の手習所と比べると、百登枝の下の筆子のほうが騒がず、しっかり者で、聞き分けがよい。

ちょっと休憩しましょうか、と声を掛けると、外に飛び出す子はいない。お気に入りの話し相手をつかまえて、あるいは千紘や百登枝を囲んで、くすくすと笑いながらおしゃべりに興じるのだ。

「ねえ、千紘先生。どうして女の子と男の子の手習所は別々なの」

近頃ここへ通い始めたばかりの、まだ九つの桐《きり》が千紘の袖《そで》を引いた。

桐は御家人の子だ。持ってきた古めかしい教本は、年の離れた兄が使っていたものだという。兄と同じ教本を使ってもよいのに、同じ手習所に通えないのはなぜなのかと、桐は不思議がっている。

千紘は答えた。

「男女七歳にして席を同じゅうせず、という言葉があるのよ。『礼記』という、礼儀のあり方を説《と》いた古い書物に載っているの。泰平《たいへい》の世を実現するためには、一人ひとりが決まり事や礼儀を守る必要があるのです」

「それなら、兄上さまが近頃、わたしと遊んでくれないのも、席を同じゅうしてはいけないからですか」

「桐さんの兄上さまは、父上さまと一緒にお勤めに出るようになったのでしょう。お忙しくて、少し疲れているのではないかしら。桐さんがいい子にしていたら、兄上さまもきっと喜びますよ」

いちばん古参のお江《ごう》が、あら、と生意気な声を上げた。びらびらと揺れる簪《かんざし》は、家の商品だろう。お江の家は小間物屋《こまものや》を営《いとな》んでいる。

「でも、千紘先生は、いつでも勇実先生や龍治先生と連れ立ってお出掛けしているじゃない。席を同じゅうしてもいいの？」

「仕方がないわ。わたしの兄はのんびりしすぎていて、放っておけないのですもの」

「龍治先生は、千紘先生の兄上さまではないでしょう」

「あの人も兄のようなものです。龍治さんは龍治さんで、放っておくと大暴れしてしまいそうで、危なっかしいのよ」

お江とも仲の良いおユキは、そばかすのある頬をほんのり赤く染めた。人気の髪結いの子だ。親譲りの洒落者《しやれもの》で、お下がりの着物でもどことなく垢抜《あかぬ》けている。

「わたし、千紘先生がうらやましい。だって、勇実先生も龍治先生も男前ですもの。二人とも剣術が得意な上に、勇実先生は頭がよくて、龍治先生は気《き》っ風《ぷ》がよくて優しくて。それに、二人ともまだお嫁さんをもらっていないし」

お江は、おどけるように目をくりくりさせた。

「千紘先生、聞いて。おユキちゃんったら、お婿《むこ》さんに迎えるなら、いい男なのはどっちかしらなんて、この間、話していたのよ」

「やだ、お江ちゃん。あんただって、ああだこうだと言ってきたじゃない。お江ちゃんは、これからは腕っぷしだけじゃなくて頭の切れる人じゃないと駄目だわって、勇実先生贔屓《びいき》なのよね」

「おユキちゃんは、龍治先生のことが好きなんでしょう。ずっと前、小さい子供だった時分に男の子にいじめられて泣かされていたら、龍治先生が優しく声を掛けてくれたのよね」

その出来事なら、千紘も覚えている。

四、五年前のことだ。おユキの兄が勇実の手習所に通っていた。いや、当時はまだ父源三郎の手習所と言うべきで、勇実はその手伝いをしていた。五つかそこらのおユキは寂しがって、ときどき兄にくっついて手習所を訪れていた。それで、ある筆子にいじめられ、泣かされたのだ。いじめっ子は将太《しょうた》という名で、手のつけられないほどのわんぱくだった。

将太の世話を引き受けたのが、龍治だった。

将太が暴れ出すと、龍治はすぐに飛んできて将太の相手をした。将太が泣かせた相手に謝り、将太にも謝らせた。そして、力を持て余す将太がくたくたになるまで、剣術の稽古《けいこ》をつけてやった。

木刀の振り方を覚えたことで、物事に集中する方法を知った将太は、次第にきちんと机に向かうようになった。そうすると、将太はめきめきと伸びた。しまいには、源三郎が教えた歴代の筆子の中でも随一《ずいいち》の秀才に化けた。

おユキは、矢島家の離れにある手習所に通いたかったらしい。だが、源三郎と勇実の筆子は皆、男の子だ。代わりを探した結果、千紘が百登枝の手習所に連れていくことになった。

そんなこんなでいろんなつながりがあるので、百登枝の手習所の筆子たちは、勇実や龍治のことをよく知っている。

お江やおユキなど、時折こっそりと矢島道場をのぞきに行っているらしい。こっそりとはいっても、黄色い声を隠し切れていないから、勇実や龍治にも筒抜《つつぬ》けなのだが。

「あなたたち、見に来るのはいいとしても、騒いで道場の邪魔をしては駄目よ」

千紘はしょっちゅう注意をするのだが、さほど効果はない。

「ねえ、千紘先生。勇実先生と龍治先生、どっちが強いの？　勇実先生のほうが背が高くて、力が強そうに見えるけれど」

お江の問いに、千紘は答えかねた。

「どうかしら。あの二人、試合をしないみたいなの」

「千紘先生はどっちが強いと思う？」

「わからないわ。剣術のことはあまり興味もないし。どちらでもいいのではない？」

お江はなおも食い下がる。

「勇実先生は静かな人だけれど、本当は剣の腕もすごく強いのだとしたら、格好いいわよね。お芝居みたい。もしもわたしが悪党に襲われたら、勇実先生に助けてもらいたいわ」

「無茶をお言いでないわよ。悪党に襲われたらだなんて、縁起でもないことを口にしてはいけません」

「だって、憧《あこが》れるでしょう。千紘先生だって」

「はいはい。そろそろ休憩を終わりにして、書き取りの続きをなさい。すてきな字を書けるようになれば、恋文《こいぶみ》で殿方を落とすこともできるようになりますよ」

筆子たちはくすくす笑いながら返事の声を揃《そろ》えた。

そんな様子を、百登枝は微笑んで見守っている。若い娘のように頰に手を当て、小首をかしげながら。

百登枝の手は、かすかに震え続けている。震えは、寝込んでからいっそうひどくなった。

お師匠さまの手の震えは病《やまい》のせいですかと、千紘は問うたことがある。百登枝は、年寄りはこんなふうになるものなのよと、幼子を諭《さと》すように微笑んだ。

年のせいだというのなら、薬で収まるものではあるまい。

ほんの五年前には、その手が美しい字を書いていた。今では千紘が代わりに書かねばならない。

それを思うと、千紘はやるせない気持ちになる。早く一人前のお師匠さまにならなくては。そんな焦《あせ》りが胸に生まれるのだ。

二

「おおい、千紘さん！」

屋敷の門をくぐろうとしたとき、龍治の声が降ってきた。

千紘は見上げた。龍治が道場の屋根の上で、得意げに手を振っている。

「そんなところで何をしているのですか」

「猫だよ。おっと、あっちに逃げちまう。待て待て。いじめねえからさ」

龍治は、ひょいと身軽に、甍《いらか》の向こうへ行ってしまった。千紘のいるところから、龍治の進んでいった先は見えない。

「猫って何よ。龍治さんこそ猫みたいだわ」

千紘は急いで屋敷に荷物を置き、開きっぱなしの木戸をくぐって、矢島家の敷地へ駆けた。

手習所の筆子と道場の門下生が総出で庭に立ち、屋根の上の龍治を見ていた。声援を送る者がいれば、はらはらと拳《こぶし》を握る者、おもしろがっている者、梯子《はしご》を持ってくる者もいる。

千紘は勇実に駆け寄った。

「兄上さま、何があったのです？」

「ああ、千紘、おかえり。筆子の大二郎が飼っている子猫が木に登ったきり、下りられなくなってな。まずは私が梯子に登って、木から下ろしてやろうとしたんだ。ところが、子猫が嫌がって屋根の上まで逃げてしまって、あのとおりだ」

勇実は、道場のすぐそばに立つ柿の木から、ひょいと屋根へと指先を動かしてみせた。

「子猫、屋根に上がってしまったのですか」

「怖がっていたくせに、ぴょんと跳んで移った。それでますます下りられなくなって、にゃあにゃあ鳴き出したんだ。その声に惹《ひ》きつけられたのか、屋根のまわりを鴉《からす》がぐるぐる飛び始めた。下手《へた》をしたら、鴉にさらわれてしまいそうだった」

「鴉だなんて。嫌なことを言わないでください」

「大二郎がかわいがっているし、早く助けてやらないといけなかった。そこで、道場の屋根に登っていいかと龍治さんに尋ねたら、自分が行くと言ってくれたんだ。子猫と同じように、木から屋根へひょいとな」

耳を澄《す》ませば、か細い子猫の鳴き声が聞こえてくる。龍治が、にゃあにゃあと、子猫に返事をしてやっている。そうしながら、龍治は裸足《はだし》で瓦《かわら》を踏み締めて、危なげなく屋根を渡っていくのだ。まるで平地を行くようだった。

筆子の一人、鳶《とび》の子の久助がぽかんと口を開けた。

「すげえな。龍治先生、火消しの纏持《まといも》ちみたいだ。あんなに身が軽いなんて、格好いいなあ」

火消しと聞いて、筆子たちが目を輝かせる。

龍治はついに茶虎《ちゃとら》の子猫を小脇に抱えた。青空を背に、地上の皆へと手を振ってみせる。

「子猫、震えちゃいるが、どこも怪我《けが》していないぜ。今から下りる」

勇実も声を張り上げた。

「気をつけて。梯子を掛けようか」

「よろしく頼む。子猫がいるから、無茶をしたくない」

勇実と道場の門下生が力を合わせて屋根に梯子を掛けると、龍治は滑るように下りてきた。子猫は怯《おび》え切って、龍治の脇腹に爪を立ててくっついている。

大二郎が子猫を抱き取った。

「龍治先生、ありがとう。稽古の手を止めさせちまって、ごめんなさい。猫には紐《ひも》をつけておいたのに、うまいことほどいて逃げちまったんだ」

「猫の子でも人の子でも、ちょっとくらいやんちゃなほうがいいってもんだよ。大事な猫が怪我しなくて、よかったな」

生意気なところのある大二郎も、今ばかりは素直にうなずいている。目をきらきらさせて、龍治を見上げた。

「格好よかったよ、龍治先生。牛若丸《うしわかまる》みたいだった」

「おう、そうか。でも、牛若丸ってのは幼名だぜ。義経《よしつね》公みたいに身が軽くて格好よかったと言ってくれよ」

「龍治先生は牛若丸だよ。大見得を切る鎧武者《よろいむしゃ》の義経公って感じじゃないや。鞍馬《くらま》の山で天狗《てんぐ》に術を習った牛若丸は、ひらりひらりと飛び回るんだ。力自慢の弁慶《べんけい》だって、身の軽さを武器にしてやっつけるのさ」

「そいつは、京の五条《ごじょう》の橋の上の話か。いや、ちょっと待ってくれよ。よりにもよって、女の格好をした牛若丸みたいだって言われんのかよ」

龍治は顔をしかめてみせるが、本気で嫌がっているわけではない。おどける様子で声を弾《はず》ませるのが、筆子たちには愉快でたまらないらしい。生意気そうに笑う大二郎の額《ひたい》を龍治がつつくと、筆子たちはますます調子に乗って手を叩く。

勇実は苦笑いで頰を搔《か》いた。

「龍治さんにはかなわないんだよな」

小声で言うのを、千紘は聞いた。

「かなわないというのは、どういうことですか」

「子供と同じ目の高さになれる。私にはできないことだ。私はどうしても、年長者らしい振る舞いをしてしまう。堅苦しいんだよ」

「長幼《ちょうよう》の序《じょ》がありますもの。手習いの師匠としては、年長者の振る舞いが必要なこともあるでしょう」

「龍治さんはうまく切り替えるんだよ。道場で木刀を構えると、幼い門下生が相手でも、目つきが違うぞ。相手を鍛《きた》えるためと、門下生に怪我をさせないために、張り詰めるんだ。千紘は見たことがないから、ぴんとこないだろうが」

千紘は小首をかしげた。

「やっぱり龍治さんってすごいのね。ねえ、兄上さま。うちの筆子たちが言っていたのですけれど、兄上さまと龍治さん、どちらが強いのですか」

龍治がひょいと話に横から入ってきた。

「近頃ちっとも試合をしてねえな。でもまあ、勇実さんのほうが強いんじゃねえか？」

筆子たちが一斉に振り向いた。勇実はぱたぱたと手を振った。

「冗談を言わないでくれ。龍治さんにはもう敵《かな》わないと思う」

はしっこい久助が言葉尻をつかまえた。

「もう敵わないってことは、前は勇実先生のほうが強かったってことか」

勇実と龍治は顔を見合わせた。勇実が言った。

「私のほうが、二つほど年が上だからだ。おまえたち、想像してごらん。二つ年上の兄さんに、刀遊びや駆け比べ、相撲《すもう》ではなかなか勝てないだろう」

龍治は大げさにうなずいた。

「ただ年が上というだけじゃないぞ。勇実さんは子供の頃から何でもできた。学問も剣術もできたし、礼儀作法もきちんとしていてな。しかも、二つも年上なんだぜ。俺、昔から小柄だったたし。勝てると思うか？」

筆子たちはうなずいたり、腕組みをしたり、それぞれだ。大二郎が子猫に頬を寄せながら言った。

「子供の頃のことはわかったよ。今はどうなのさ。剣術の試合をしたら、どっちが強いの」

勇実と龍治は苦笑を交《か》わし合った。

「白黒つけたいとはあまり思わないんだよな。きっと龍治さんのほうが強い。それでいいだろう？」

「俺は心が細やかで、傷つきやすいんだぜ。ほかの誰かじゃなく、勇実さんに負けたら、どう受け止めていいかわからねえよ」

勇実と龍治の答えに、筆子たちは不満げだ。道場の門下生たちは、苦笑とも何ともつかない表情を浮かべ、梯子を片づけに行った。

大二郎は、子猫の件があるからだろう、今は龍治贔屓の気分のようだ。

「龍治先生のほうが強そうに見えるよなあ。だって、龍治先生は牛若丸みたいだし、勇実先生なんて、千紘さんの尻に敷かれているんだもの」

まあ、と千紘が声を上げると、大二郎は龍治の後ろに隠れた。龍治は肩をすくめた。

「はいはい、牛若丸ね。鎧武者の義経公だって、八艘跳《はっそうと》びをやってのけるくらい、身が軽くて素早いだろう。それでも、俺はやっぱり牛若丸なのかな」

千紘はからかった。

「わたしの小袖《こそで》を貸してあげましょうか。市女笠《いちめがさ》をかぶって髷《まげ》を隠して、女物の小袖をひらひらさせて歩いてみれば、当世《とうせい》の牛若丸と呼ばれるのではなくて？」

龍治はあんぐりと口を開けた。すぐに、にやりと挑《いど》むような笑みを浮かべる。

「やってみせようか。知らねえのか、千紘さん。女の格好さえ似合っちまうくちの色男ってのは、昔からよく持てるんだぜ。俺が本気で装《よそお》えば、役者絵みてえに決まるだろうよ」

「あらそう、それは楽しみです。うちの筆子の中にも、龍治さん贔屓の子がいるのよ。当世の牛若丸となれば、きっとかわいい娘さんたちに持《も》て囃《はや》されるわ」

龍治は、ちらりと顔をしかめ、小さな咳払《せきばら》いをした。

「千紘さんは、どうなんだよ。牛若丸って」

「京の五条のお話より『勧進帳《かんじんちょう》』がいいわ。武蔵坊《むさしぼう》弁慶がすてきなんですもの。大きな体の力自慢というだけではなく、忠誠心にあふれて情に厚くて」

「鎌倉《かまくら》さまに追われて北へ逃げるときの話だな。弁慶は、山伏《やまぶし》のふりをした義経公を守り通すために、真っ白の巻物を勧進帳に見立てて、書かれてもいない難しい文言を読み上げてみせる。それが山伏としての証《あかし》になるというわけだ」

「偽《いつわ》りの勧進帳を読んでもなお、関所の番人は弁慶と義経公に疑いの目を向けるの。そうしたら弁慶は、おまえが義経公に似ているせいで怪《あや》しまれるのだと、義経公扮《ふん》する山伏を打ち据《す》えて、番人の疑いを晴らそうとする」

「とっさの機転で主《あるじ》を救う、か。思いがけない話だよな。弁慶といったら荒くれ者で、でかい薙刀《なぎなた》をぶん回しているだけのように描かれる話もあるのに」

「弁慶は比叡山《ひえいざん》で修行した、れっきとした僧ですもの。頭の出来も優《すぐ》れていて、世の中がよく見えたからこそ、平氏《へいし》の牛耳《ぎゅうじ》る京の都の荒れ具合が許せなくて、五条の橋の上で暴れていたの。わたし、源平合戦《げんぺいかっせん》にまつわる物語では、武蔵坊弁慶がいちばん好きよ」

千紘は目をきらきらさせている。龍治は、へえ、と呆《あき》れた声を漏らして、己の掌《てのひら》を見た。

「そういやあ、昔もそういうことを言っていたよな、千紘さん。確か昔は、俺の親父の……」

言いかけたところで、龍治は言葉を止めた。

唐突《とうとつ》に、庭に姿を見せた者がいる。龍治の表情が変わったのにつられて、皆がそちらを向いた。

ぴりりと空気が張り詰めた。

裕福な武家の奥方と幼い男の子、と見えた。旗本だろう。奥方の、紅唐《べにとう》を基調にしたあでやかな打掛《うちかけ》が目を惹いた。端々《はしばし》に配した絹が、きらりと光沢《こうたく》を放っている。男の子のほうは紋付袴《もんつきはかま》の正装だった。

奥方は、玉虫色《たまむしいろ》の紅を引いた唇《くちびる》を開いた。

「こちらに白瀧勇実先生がいらっしゃるとうかがいましたが」

奥方は一同をぐるりと睥睨《へいげい》した。

千紘は勇実の脇腹を肘《ひじ》でつついた。勇実がそろりと手を挙げた。

「私が、白瀧勇実ですが」

奥方は勇実を見据えると、言った。

「あなたさまが、白瀧勇実先生でございますか。あなたさまの評判をうかがって、こちらへまいりました。うちの子の面倒を見ていただきとうございます」

奥方は、傍《かたわ》らの男の子を、ずいと勇実のほうへ押し出した。

三

お茶を出した千紘は、きっと襖《ふすま》の陰で聞き耳を立てているのだろう。その気配を感じつつ、勇実は、対面した母子にお茶を勧め、話を促《うなが》した。

筆子たちが帰っても、手習所は墨《すみ》の匂いに満ちている。

折り目正しく背筋を伸ばした正装の母子は、そこここにいたずらの傷がある手習所には、いかにも不釣り合いだった。

奥方はお茶に口をつけず、早々に切り出した。

「この子は乙黒鞠千代《おとぐろまりちよ》と申します。わたくしは郁代《いくよ》。この子の母でございます。白瀧勇実先生のご高名をうかがい、じかにお話をしなければと思いましたゆえ、こちらにまいりました」

勇実は苦笑をにじませた。

「高名などと。私は、ただの手習所の師匠に過ぎませんよ。どこで何とお聞きになったのです？」

「鞠千代のもとに通っております手習いの師匠からうかがいました。その先生は、日本橋の小さな書物問屋で聞いたと言っておりました」

「書物問屋というと、翰学堂《かんがくどう》ですよね。儒学《じゅがく》や史学の写本を扱う店です」

「ええ、さようでございます。白瀧先生は翰学堂に写本を売っていらっしゃるとのこと」

「確かに。主に、唐土《もろこし》の史学を修《おさ》める上で必ず読むべき研究書、司馬光《しばこう》による『資治通鑑《しじつがん》』の注釈に係《かかわ》る書物を筆写して、輸学堂に卸《おろ》しています。注釈書と一口に言っても、実に多様な種類がありましてね。唐土の学者が書いたものもあれば、日ノ本《ひのもと》独自の見方から考察したものも出版されています」

長々と続けそうになったところへ、郁代が言葉をさしはさんだ。

「白瀧先生の写本には間違いがほとんどないとのこと。それは、ご自身がよく史学を修めていらっしゃるからでしょう。字が読みやすいだけでなく、もとの書籍の誤りについては注釈を加えており、訪ねていけば質問にも答える。格の違うお人であるとうかがいました」

「格などというのは大げさですが、時折、学生が来てくれます。昌平坂《しょうへいざか》学問所に入るための考試《こうし》やその後の学問吟味《ぎんみ》のために、どうしても史学を身につけねばならぬからと。案外、史学については苦手な学生が多いのですよね」

学問を志《こころざ》す多くの者は、何よりもまず四書五経《ししょごきょう》を学ぶものだ。四書五経は古来、儒学の基本として位置付けられてきた書物群である。

昌平坂学問所で修める朱子学《しゅしがく》は、儒学をよりよく解するための、一つの学問流派だ。唐土において、南宋《なんそう》の時代に興《おこ》った。今より六百数十年前のことである。

幼い頃から秀才として見出《みいだ》されれば、初めに『論語《ろんご》』を暗唱《あんしょう》するだろう。『論語』は、「子曰《しいわ》く」の問答形式で知られる孔子《こうし》の教えである。今より二千三百年ほど前に、孔子の弟子たちによって著《あらわ》されたとされる書籍だ。

四書の筆頭たる『論語』に続いて、『大学《だいがく》』、『中庸《ちゆうよう》』、『孟子《もうし》』と素読《そどく》を進めていく。これらをすらすらと諳《そら》んじられるなら、次は、より重要とされる五経である。ここまでできて、ようやく、昌平坂学問所の門を叩くことを許されるのだ。

勇実は鞠千代に微笑みかけた。

母親の傍らでじっとしている鞠千代は、筆子の誰よりも体が小さい。はきはきとした声であいさつをしてくれたきり、黙っている。

郁代がずいと前のめりになった。

「筆子にするには幼すぎるとお考えなのでしょう」

「鞠千代さんはおいくつですか」

「七つでございます。年の瀬に生まれた子ですから、同じ七つの子と比べても、体が小そうございますけれど」

「うちに通ってきている子で、今いちばん幼い子でも九つです。年の瀬生まれの七つは、ずいぶん幼い」

「ええ、手習所のお師匠さまがたは皆、そうおっしゃいます。ですが、鞠千代はできる子です。お疑いでしたら、どうぞお試しくださいまし」

「疑ってなどおりませんよ。学びの習熟は一人ひとり異《こと》なるものですから。学び始めにふさわしい年頃も、いつ伸びるかも、どんな向きへと伸びるかも、それぞれまったく異なります。鞠千代さんは今、どういったことを学んでいますか」

郁代は、待ってましたとばかりに鞠千代を急《せ》かした。鞠千代は、ふくふくとした頬を膨《ふく》らませると、思いがけないほどの早口で一気に言い切った。

「学んで時に之《これ》を習ふ、亦説《またよろこ》ばしからずや。友あり遠方より来《きた》る、亦《また》楽しからずや。人知らずして慍《うら》みず、亦君子《またくんし》ならずや」

「『論語』の冒頭ですね。意味はわかりますか」

「はい。自ら学んで、ときには自らそれをおこなってみて身につけていくことは、なんと喜ばしいことでしょうか。遠くにいる友が私に会いにやってきてくれることは、なんと楽しいことでしょうか。親しくない他人が私のことをわかってくれなくても恨《うら》まないことは、なんと君子らしい振る舞いでしょうか」

「よく覚えていますね。では、君子とはどのような人物のことでしょうか」

「はい。『論語』の子路《しろ》編の第十三に、君子は和《わ》して同《どう》ぜず、小人《しょうじん》は同じて和せずとあります。君子とは、立派な大人のことです。立派な大人とは、人との間に不和を起こすことがなく、だからといって、人に阿諛追従《あゆついしょう》することのない人のことです」

阿諛追従と来たか、と勇実は舌を巻いた。出典は、千七百年あまり前に著された『漢書《かんじょ》』匡衡伝《きょうこうでん》だ。

匡衡は、生まれは貧しかったが、経書《けいしょ》をよく学び、名儒《めいじゅ》としての評判が高まって、丞相《じょうしょう》にまで抜擢《ばってき》された人物だ。後世の儒者にも人気が高く、『漢書』匡衡伝から書き言葉として根づいた言い回しも多い。

鞠千代の声はむろんあどけないが、選ぶ言葉も口ぶりも、まるで老練な学者のように、ずいぶんと堂《どう》に入《い》っている。

「朱子学を修めるためのおおもととなる書物は、すべて諳んじられるのですか」

「すべてではありません。四書は覚えています。でも、五経はまだ十分ではありません」

郁代は小鼻を膨らませている。

「嘘《うそ》ではございませんよ。『論語』、『大学』、『中庸』、『孟子』と、『礼記』と『詩《し》経《きょう》』でしたら、何編のどこに何が書いてあるかと問われて、答えられます。鞠千代はすべて覚えているのです。問うてみてくださいまし」

勇実は苦笑した。

「残念ながら、それはできません。私のほうは、すべてを諳んじているわけではありませんから。申し上げたでしょう。私はただの手習所の師匠に過ぎません。ものを覚える力は、鞠千代さんのほうがずっと優れています」

郁代はさらに前のめりになった。

「鞠千代の頭がたいへん優れていることとくらい、わたくしがいちばんよくわかっております。白瀧先生にお願いしたいのは、この子をもっと伸ばしていただくことです」

「しかし、私は」

「わたくしどもは、白瀧先生がただの手習所の師匠とはうかがっておりません。漢文の読み書きにおいて微《び》に入《い》り細《さい》を穿《うが》つほどに確かなだけでなく、漢学そのものにおいてきわめて知識が深いとのこと。その優れようはもう、学者先生そのものであるとの噂《うわさ》でございます」

「いえ、私は、好きが高じて史学の書物を読み漁《あさ》っているだけです。唐土古来の儒学についても、それを当世の政《まつりごと》に当てはめるべく読み解き直した朱子学についても、きちんと学んではおりません。人に教えるだなんて」

郁代はぴしゃりと言った。

「でしたら、白瀧先生も鞠千代と一緒に学んでくだされればよろしゅうございましょう」

「私がですか」

「できぬとおっしゃいますか」

突然、思いも掛けなかったほうから声がした。

「できますとも」

さっと襖が開いた。千紘がそこにいた。風が抜ける。室内が蒸していたことを、勇実は感じた。

千紘は素早く膝《ひざ》で進んでくると、目を見張っている郁代の手を取った。

「兄はいつも、筆子それぞれの興味や関心、学びの速さや深さに合わせて教本を選び、学ばせています。教本がないときは自ら作ることもあります。ここに通ってくる筆子は、一人ひとり違う学び方をしているのですよ。鞠千代ちゃんに合わせた学びも、もちろんご指南できますとも」

勇実は焦った。

「ちょっと待て、千紘。話を進めるのはまだ早い」

言いかけたのを、勢い込んだ郁代に持っていかれた。

「わたくし、白瀧先生の実力を見込んで、こう申しておるのです。今まで我が家に幾人もの手習いの師匠をお招きしておりましたけれども、なかなかうまくいきません。鞠千代のあまりの聡明《そうめい》さに恐れをなし、荷が重すぎると言って、逃げてしまうのです」

勇実は眉《まゆ》をひそめた。

「逃げる、ですか」

「ええ、そうです。教え導くべき子供を放り出すなど、手習いの師匠にあるまじきこと。そうではありませんか？」

「よくないことだと思います。いかに力のある子供でも、正しく導く師がいなければ宝の持ち腐れ。しかし、私など……」

膨《ふく》れっ面《つら》の千紘が勇実を正面から見据えた。

「兄上さま」

郁代が畳《たた》み掛けた。

「十分な謝礼をお支払いします。我が屋敷に毎日いらしてくださいとは申しません。白瀧先生にはこちらの手習所がございますから。鞠千代をこちらに通わせていただきます。ほかの筆子と同じように、鞠千代に合わせた学問指南をしていただければ、それでよいのです」

「ですが」

「何か都合の悪いことがございますか」

「私のほうの不都合ではなくてですね。鞠千代さんはどちらから通っていらっしゃるのでしょう」

「麹町《こうじまち》でございますが」

「それは、ずいぶん遠い。七つの子供の足では無茶ではありませんか」

「ええ。ですから、駕籠《かご》を使わせます。送り迎えの心配はご無用です。まだ何かございます？」

勇実は口を開きかけた。が、千紘が顔を近づけてきたので、思わずのけぞった。

「兄上さま、鞠千代ちゃんは、もう何人もの先生とお別れしているのですよ。これ以上振り回してしまうのは、かわいそうじゃありませんか」

「だが、私は朱子学の学者ではない。私がかじっているのは史学だけだ」

郁代は押し通した。

「史学でもよろしゅうございます。少なくとも漢文の読み書きはきちんとしておりますし、人にものを教えることもお得意でございましょう。そうしたお人がほかにいないのです。後生《ごしょう》ですからお引き受けくださりませ。これは束脩《そくしゅう》です。お納《おさ》めください」

郁代は袱紗《ふくさ》包《づつ》みを勇実の前に押しやると、さっと立って鞠千代の手を引いた。

「あの、ちょっと、お待ちください」

勇実が腰を浮かせたときには、郁代はすでに頭を下げている。

「それでは失礼いたします。明日からよろしくお願いいたしますね」

引き留める隙《すき》もない。郁代はあっという間に手習所を出ていった。ちらりと鞠千代は振り向いたが、手を引く母に抗《あらが》うでもなかった。

千紘が勇実の肩を叩いた。

「兄上さま、お見送りをしないと」

勇実はため息をついた。

「まいったな」

隠れて聞き耳を立てていたらしい龍治が、ひょっこりと顔を出した。

「すごい勢いのおっかさんだな。勇実さん、無理難題を押しつけられたのか？」

「無理難題、ではないんだが」

「じゃあ、何だ。ずいぶん浮かない顔をしているじゃないか」

勇実はまた、ため息をついた。

「仕方ない。明日も来るということだから、話は明日だな」

郁代と鞠千代の母子は、門の表に駕籠を待たせていたらしい。駕籠かきの威勢のいい声が聞こえてきた。


その日の夕餉《ゆうげ》も、龍治は白瀧家にやって来た。自分が食べるぶんの米と、手《て》土産《みやげ》代わりの胡瓜《きゅうり》の紫蘇漬《しそづけ》を持ってくるのもいつものことだ。お吉が多めにお菜《さい》を用意しているのも、もはや日常となっている。

龍治のぶんの膳《ぜん》もひと揃え、白瀧家に置かれている。

源三郎が生きていた頃は、勇実と千紘と源三郎、三人揃って矢島家に招かれることが多かった。源三郎と龍治の父の与一郎は、よく盃《さかずき》を交わしていたものだ。

夕餉のお菜は、南瓜《かぼちゃ》の煮っころがしと、茄子《なす》のおひたしだった。味噌汁《みそしる》は菜《な》っ葉《ぱ》と油揚《あぶらあ》げである。

日にもよるが、近頃、夕暮れの風がほんの少し涼しくなってきたようだ。今日はよく風が通っている。

「秋の虫が鳴き始めたわね」

千紘のつぶやきに、勇実は応《こた》えた。

「りーんりーんと鳴くのは鈴虫《すずむし》だ。ぎっちょん、ぎっちょんと、少し低い音で鳴くのはきりぎりすだそうだ」

「あら、兄上さまが虫の声を聞き分けるなんて。去年の秋は、虫の音《ね》を聴きに出掛けても、何が何やらと頭を掻いていたのに。どこでそんな風流を教わったのです？」

「筆子の白太だよ。あの子は虫に詳しい。虫のことなら何でも知っているから、話しているうちに、私も覚えた」

「そうだったわね。春先に兄上さまのところへ初めて来たときは、よく文字を反対に書いていたでしょう。近頃、ずいぶんちゃんと書けるようになりましたね」

勇実は我知らず笑った。

「あの子は、本当は賢いよ。文字が反対になりがちなのは、右手でも左手でも文字を書いたり箸《はし》を使ったりできるからだ。おかげで、どちらが右か左かがわからなくなるんだな。ひとまず、右手で筆を持つことに決めたんだが」

龍治はぽんと手を打った。

「両手をうまく使いこなせるようになれば強いぜ。武術では、利き腕や利き足にどうしても重きを置いちまって、攻撃を読まれやすい。それがないってのは、かなりいいぞ」

千紘は唇を突き出した。

「龍治さんは何でも武術のことにしたがるのですね。白太ちゃんは剣を握る子ではありませんよ。きっと虫博士になるのだわ」

勇実は機嫌よく言った。

「今でも十分に虫博士だよ。あの子はすごい。しかも、どんどん伸びている。白太が見ている景色は、どうやら、私が見るものとはずいぶん違うらしい。あの子が望むとおりに言葉を使うことができるようになったら、本当にすごいだろうな」

龍治は胡坐《あぐら》の膝に肘を立て、頰杖《ほおづえ》を突いた。

「鳶の子の久助には、町の名前を覚えさせる。切絵図も併《あわ》せてな。いずれ火消しの見習いをするときに役立つように。大二郎には、そろばんを叩き込んでやっている。あいつは金勘定《かねかんじょう》がうまいんだな。勇実さんはいつもそんなふうだ」

「だって、一人ひとり、秀《ひい》でたものが違うんだ。伸びたいほうへ伸ばしてやれば、楽しんで学んでくれる」

「その勇実さんが、昼間の鞠千代って子のことは、気が進まない様子だったじゃないか。なぜだ？　前金でずいぶんもらったんだろう？」

「ああ。まだ何もしていないのに大金だなんて、困るよ」

　千紘は箸を置いた。

「困るよ、ではありません。兄上さまの才を見込んで、お金をいただいたのですよ。そのぶん、これからきちんと働いてみせればよいでしょう」

「それはそうなんだが。しかしなあ……」

「何が引っ掛かっているのです？」

　勇実は頰を掻いた。

「よくあることじゃあるんだが、話をしたのはお母上のほうばかりだっただろう。あれが困るんだ」

　千紘と龍治は、あっという顔を見合わせた。

「確かに。鞠千代ちゃんは『論語』の問答をしたときに口を開いたきりでしたね」

「あのおっかさん、すごい勢いだったからな。勇実さんが気を呑《の》まれちまうのも仕方なかったが」

勇実は眉間《みけん》に皺《しわ》を寄せた。

「今日の話だけでは、鞠千代に合った教え方がわからない。どうしてやりようもないんだ。おそらく、今までの手習いの先生がうまくいかなかったのも、そのへんに難しさがあったんじゃないかと思う」

「そうかしら。鞠千代ちゃんが賢すぎて、先生のほうがついていけなくなったって、鞠千代ちゃんのお母上さまはおっしゃっていたけれど」

「あの子の賢さは本物だと思う。しかし、文言を覚えることと学問を修めることは違うんだ。あの幼さで、書かれたことのすべてを正しく身につけているとは、さすがに考えにくい。賢い子なら、自分自身でそのあたりのこともわかってくれると思うんだが」

龍治は南瓜を口に放り込んだ。

「それじゃ、明日来たときが勝負だな。きっちり話すといい」

「そのつもりだよ」

「勇実さん、手が止まってるが、南瓜がいらないんなら俺にくれよ。甘くてうまい南瓜だ」

「やらないよ。私も南瓜は好物だ」

おどけて頰を膨らませる龍治に、千紘がくすくすと笑う。

口を利きながらものを食べるのは行儀が悪い。男女七つにして席を同じゅうせず、という儒学の教えにも反している。

が、誰が見ているわけでもない。見ているとしたら、三年ほど前に逝《い》った父の源三郎だろう。

源三郎は、勇実と千紘が各々《おのおの》寂しい食事をするのをよしとしないはずだ。源三郎自身、我が子たちとの食事を大切にした。毎度の食事のたびに、勇実と千紘の話を聞きたがった。

父は朱子学の文言を覚えていても、それだけだった。実践する価値を見出さなかったのだろう。

二千三百年前に孔子が唱《とな》えた社会規範がそっくりそのまま正しいのなら、なぜ延々と世は乱れ続けたのか、と勇実は思う。唐土では、六百数十年前に朱子学が興ってもなお、世に泰平は訪れなかった。

書物に記された理《ことわり》を丸呑みにするだけでは、いかに伝統ある朱子学といえど、よりよい政を世に敷くための学問という役割を果たすに足りないのだ。学べば学ぶほどに、あまりに気高《けだか》い朱子学の理が浮世離れしていると感じてしまう。

勇実は、今の世を否《いな》みたくはない。今の暮らしが好きだ。では、朱子学をどうとらえ直せば、今の世をよりよくするために役立てられるのか。

勇実はぽつりとこぼした。

「私は武士らしくないのだろうな。学者らしくもない」

千紘は、思わずといった様子でしかめっ面をした。

「何を言っているのですか。情けないですよ。兄上さまは、もっとしっかりしてください」

しっかりとは、どういうことなのだろうか。君子とやらにならねばならないのか。

できそうにないなあと、口には出さずに、勇実は苦笑した。

四

駕籠かきの掛け声が近づいてくる。

澄んだ朝の光が町を暖め始めていた。

門の表を掃《は》いていた千紘は顔を上げた。二つの駕籠は違《たが》わず、こちらへ向かってくる。

「もしかして、鞠千代ちゃんとお母上さまかしら。もういらっしゃったのだわ。大変」

千紘は急いで屋敷へ取って返した。勇実はのんびりとして、身支度も整えていない。朝餉もまだだろう。

「どうした、千紘」

「駕籠が来ています。きっと鞠千代ちゃんだわ。兄上さま、早くしてください」

勇実は目を丸くした。

「もう来たのか？　麴町からだろう。日の出と共に駕籠に乗ったのではないかな」

朝が弱い勇実は、たいてい筆子が呼びに来てようやく屋敷を出る。まして今日は、なおさら早い。

門の表に駕籠が止まった。おとないを入れる声がする。やはり乙黒家の母子だ。千紘は、しかめっ面を兄に向けた。

「わたしが案内をしておきますから、兄上さま、できるだけ早く来てくださいよ」

「わかったわかった」

千紘は襷《たすき》を外して襟元《えりもと》を直し、袖や裾《すそ》に乱れがないのを確かめて、表に出た。

昨日とは打って変わって、郁代は控え目な装いだった。茅色《かやいろ》の小袖は木綿だろう。帯もまた質素な桜鼠色《さくらねずいろ》だ。頬にも唇にも紅が差されていない。

千紘は、おや、と思った。それが顔に出てしまったようだ。

「粗末な身なりで失礼いたします」

郁代は、つんと言い放った。千紘は笑顔をこしらえた。

「いいえ、失礼だなんて。お召し物、優しいお色ですね。わたし、そういう淡《あわ》い色が好きなのですけれど、似合わないんです。はっきりとした色のほうが似合うみたい。郁代さまは、今日のお召し物の色合いが似合っていらっしゃいますね」

郁代は千紘をまじまじと見て、ぼそりと言った。

「似合うだなんて、初めて言われました。幼い頃から性格がきついものですから、きつい色のほうがしっくり馴染《なじ》むでしょう」

「思い込みはよくありませんよ。どんな色の着物やお化粧が似合うかは、肌の色や目の色、髪の色で決まるのですって。一人ひとり、少しずつ色が違うでしょう。郁代さまには、今日のお召し物のような色味が似合うのですよ」

郁代はそっぽを向く代わりのように頭を下げた。

「本日より、鞠千代がお世話になります」

こちらこそ、と千紘も頭を下げた。鞠千代と目が合って、微笑んでみせる。鞠千代はしゃちほこばったお辞儀を返してくれたが、そういえば、笑った顔を見せない子だ。

開けっぱなしの木戸をくぐるとき、郁代は眉間に皺を寄せた。昨日は矢島家のほうから出入りしたので、このいい加減な垣根《かきね》を目撃しなかったのだ。千紘はいささかばつの悪い思いをした。

千紘は手習所の戸と襖を開け、筆子を迎える支度を整えた。郁代はこのまま居座るつもりらしい。睨《にら》みを利かせてもらうほうが勇実も気が引き締まるだろうが、筆子たちはどうだろうか。

部屋の隅に、郁代は背筋を伸ばして座っている。隣にちょこんと正座をした鞠千代は、目がとろんとしている。駕籠の中で眠っていたのかもしれない。

ほどなくして、筆子の久助が駆けてきた。鞠千代と郁代を見て、くりくりした目をいっそう丸くした。

「今日もおいらが一番だと思ったのになあ」

千紘は腰に手を当てた。

「久助さん、まずはごあいさつでしょう」

「はぁい。おはようございます」

久助は素直に、深々と頭を下げた。と思うと、ぴょんと体を起こして、今度は白瀧家の屋敷のほうへ駆けていく。勇実先生を呼んでくる、という大声は、勇実にも聞こえていることだろう。

筆子たちが次々とやって来るうちに、勇実も久助に引っ張られるようにして、ようやく姿を見せた。

三つ並んだ天神机《てんじんづくえ》のどこに誰が座るか、落ち着くまでがひと騒動だ。いつもと同じ場所でなければ座っていられない筆子を除くと、毎日、十人前後の筆子たちがわいわいする。

郁代は目を剝《む》いていた。ひきつけを起こすのではないかと千紘が心配になるほど、血の気のない顔は大いに強張《こわば》っている。

筆子たちが大騒ぎでも、勇実は声を上げない。この場をまとめてくれるのは、筆子の中で最年長の大二郎だ。

「おい、おまえは昨日も一昨日《おととい》もいちばん前の端っこに座っただろう。そこ、みんな座りたいんだぞ。交代してやれ。年が若いほうから順番だ。久助も良彦《よしひこ》も、明日まで我慢できるよな？」

大二郎はわんぱく坊主たちに「うん」と言わせると、くるりと振り向いて鞠千代を見た。皆、つられて一斉にそちらを向く。鞠千代は、びっくりして肩を跳ねさせた。

「おまえ、今日から勇実先生の筆子なんだろ？　こっちにおいで。ここがいちばんいい席なんだ。今日はおまえにここを譲ってやるよ」

鞠千代は恐る恐る、郁代を見上げた。郁代は固まっている。大二郎は手招きをした。鞠千代は、ごくりと唾《つば》を呑んだ。

せっかちな久助は、待っていられないらしい。ひょいと飛んできて、鞠千代の手を取った。

「ほら、こっちだ。仲間になるんだろ？　おまえ、小せえけど、すげえ頭がいいんだってな」

鞠千代はよろめきながら立ち上がり、久助に手を引かれて筆子たちの輪に入った。ちらちらと郁代を振り返る。

郁代は何かを言いたそうに口を開いた。が、声が出てこない。ぱくぱくと、唇を動かすばかりだ。

勇実が穏やかに微笑んで、千紘に告げた。

「千紘、お母上をうちにお連れして。あちらのほうがゆっくりできるだろう。ここはどうしても、うるさいから」

「うるさくて悪かったな！」

大二郎がすかさず言い返した。筆子たちがどっと笑った。

戸惑う郁代の手を、千紘は取った。

「鞠千代ちゃんのことが心配でしょう。でも、どうぞこちらにいらしてください。ずいぶん気を張り詰めておいでのようです。お茶を召し上がって、ゆっくりなさってください。ね？」

千紘は勇実に目配せをした。勇実は、よろしく頼む、と言うようにうなずいた。

後ろ髪を引かれる様子の郁代は、幾度も大きなため息をつきながら、鞠千代に告げた。

「それでは、鞠千代。しっかりおやりなさい。母はお隣へ行っておりますからね」

「はい、母上。精進《しょうじん》いたします」

千紘は郁代を連れて手習所を離れた。郁代は、前を向く間もないほど、手習所のほうを振り向き続けていた。

七月の庭は、今なお暑さの盛りを脱していない。草木は青々として、まばゆい陽光にきらめいている。

庭にも、筆子たちのにぎやかな声はよく響いていた。

千紘は郁代に言った。

「元気でしょう、筆子のみんな」

「ええ。驚きました」

「男の子って、あんなふうなんですよ。女の子たちの手習所は、もうちょっと静かなんですけれど。鞠千代ちゃんはおとなしそうですね」

「あの子も、あの子の兄も、聞き分けのよい子です」

「あら、鞠千代ちゃんにも兄上さまがいるのですか」

木戸をくぐると、筆子たちの声の響きはずいぶん静かになる。つくつくぼうしの鳴く声が、こちらに戻った途端、はっきりと聞こえるようになった。

日差しが入ってこない居間に腰を落ち着けると、心得たお吉が、麦湯を運んできた。こしらえましたよ、と言って出してくれたものは、あずきどうふだ。

小皿に載ったあずきどうふは、葛《くず》で仕立ててあって、ふるふると揺れる。もっちりした歯ざわりだが、しつこくはない。

お吉が煮る小豆《あずき》は、甘みを抑《おさ》えてあって、さっぱりしている。塩をひとつまみ入れるそうだ。それが甘みを引き出して、味のまとまりがよくなるらしい。

麦湯とあずきどうふを供すると、お吉は台所の脇の小部屋に引っ込んだ。土間から続きの小部屋は、夏には涼しくてちょうどよいのだという。

お吉の姿が見えなくなるや、郁代は、胸のつかえを吐き出すように一息に言った。

「いくら賢いからといって、あまりに幼い子に学問を強《し》いるのはどうなのかと、白瀧先生も妹さまもお思いでしょう。滑稽《こっけい》でさえあると。ですが、あの子は学者になってもらわねばならぬのです」

千紘はあいづちを打った。

「滑稽などではありませんよ。子供のために一生懸命になるのは、親として、ごく当たり前のことでしょう」

「わたくし、あの子のためと言いながら、その実、己のための思惑にまみれて必死になっているだけなのです。乙黒家には二人の男児がおります。鞠千代の腹違いの兄が嫡男《ちゃくなん》です。鞠千代は次男坊」

「それでは、鞠千代ちゃんの兄上さまが家を継《つ》ぐと決まっているのですね」

「ええ。このままでは、鞠千代は何者にもなれません。わたくしには、それが哀《あわ》れでならない。だから、学問で身を立てることができるならばと思うのです」

郁代は肩で息をした。膝の上に握り締めた拳は、痩《や》せて尖《とが》った形をしている。

郁代はきつく顔をしかめ、さらにまくし立てた。

「嫡男は、いい子ですよ。亡くなられた前妻の人となりは知りませんけれど、嫡男のほうは旗本の子として聡明で、体も丈夫です。鞠千代のこともかわいがってくれます。傍《はた》から見れば十分に円満な家でしょう。それでも、鞠千代の行く末を思うと、わたくしは不安でなりません」

「そうでしょうとも。でも、鞠千代ちゃんは素晴らしい才を持っていると、兄も申しておりました。鞠千代ちゃんなら、学問の道できっと大成できるでしょう」

千紘が勧めると、郁代は麦湯を口に含んだ。肩から力が抜ける。目を伏せた郁代の頬は、はっきりとこけている。

「わたくしは何に苦しみ、何と闘っているのでしょうね。嫡男は本当にいい子なのです。生みの母でもない女を、母と呼んでくれる。気遣《きづか》って、にこにこと話し掛けてくれる。鞠千代があの子よりも難しいことを覚えてみせても、素直に、すごいねと誉めてくれるのです」

「いい子ですね。自分より幼い子が自分より聡明なら、誉めるって、なかなかできることではありませんもの」

「あの子はできるのですよ。もしもそれがまわりに気に入られるための策だとしても、幼い鞠千代にも愚《おろ》かなわたくしにも見抜けません。それくらい、できた子です。喜ぶべきでしょう。でも、なぜでしょうね。わたくしは、何かがつらくてたまらないのです」

「何かとは、何なのでしょう」

「嫉妬《しっと》しているのやもしれません。わたくしが腹を痛めて産んだのは鞠千代。でも、鞠千代は家を継げない。学者になるよりほかの道を、わたくしは鞠千代の前に示してやれない。もしも上の子がいなければと、どうしても、心のどこかで思ってしまいます」

「そんなふうに考えてしまうのも、仕方のないことではないでしょうか。そのことで思い悩んでおられるなんて、郁代さま、あなたはとてもお優しいのですね」

張り詰めていたものが切れたように、郁代は大きな息をついた。

「滑稽でしょう。自分の髪も着物も化粧も二の次です。鞠千代のためにこつこつ銭を貯めておかねばと、近頃はわたくしが食べる米さえ惜しく感じてしまう。自分のための着物をあつらえたのは、四年も前になるでしょうか。この着物は義母のお下がり。古くさいでしょう」

「素敵なお召し物です。申したではありませんか。優しいお色が似合っています。でも、ちょっとお疲れですね。どうぞ甘いものを召し上がれ。疲れた心と体には、どんなお薬よりもお菓子が効きますから」

千紘に勧められるまま、郁代はのろのろと、黒文字《くろもじ》であずきどうふを切って口に運んだ。

「甘い」

「おいしゅうございますか」

「ええ。甘くておいしいわ。お菓子をいただくなんて、いつ以来かしら」

郁代の頬がほころんだ。

思いがけず、柔らかく若々しい笑みだった。

墨を磨《す》り終わると、それぞれの教本に向き合い、反故紙《ほごがみ》に筆を走らせ始める。課題は、書き取りやそろばん、あるいは素読と、皆ばらばらだ。

鞠千代は目を見張って息を呑んでいた。勇実は鞠千代の正面に座り、小さな顔をのぞき込んだ。

「にぎやかだろう？　こんな場所は初めてかな」

「はい」

「いつもは家にお師匠さまが来るんだったな。ここは、怖くはないか？」

鞠千代は首をかしげた。

「怖いとは、どういう意味ですか」

「そう感じないのなら、いいんだ。道具は持ってきているね。墨を磨るのは、いつもはどうしている？」

「母や家の者がやってくれます。わたくしは、書を諳んじたり、筆を執《と》って書き取りをしたりするだけです。あの、お師匠さま」

「何かな」

鞠千代は頰を真っ赤に染めて言った。

「墨を、磨ってみたいです。自分の手で」

勇実は笑った。

「やってごらん。ここの筆子になるなら、学びの支度は自分でできるようになってもらわないといけない。難しいことではないよ。大二郎、教えておあげ」

勇実にそう告げられるのを待っていたらしい。大二郎はすぐに飛んできて、甲斐甲斐《かいがいしく》しく鞠千代の世話を焼き始めた。

大二郎もずいぶんしっかりしたものだと、勇実は思う。

ここへ通い始めた頃の大二郎は、名前負けだと年上の筆子にからかわれるほど、気が小さくて下を向いてばかりだった。それが今ではしっかり者の兄さんだ。

大二郎は、あと半年ほどすれば、ここを巣立っていくだろう。年明けには十四になる。仕事の弟子入りをするのに十分な年齢だ。

鞠千代は、大二郎たちに世話を焼かれながら手を動かすうち、目の輝きが変わった。

初めて手習所で席に着いている。初めて自分で墨を磨っている。初めて四書五経以外の教本を目にしている。初めてづくしの時を過ごすのが嬉しいようだ。

しかし、反故紙を渡し、好きに字を書くように告げると、鞠千代は困った様子になった。

「好きに書いていいとは、どういうことでしょう」

「自分の名前でも、家族の名前でも、好きな言葉でも、何でも。字を書きたくなければ、絵を描いてくれてもいい。好きなものを書いてごらん」

「好きなもの……」

鞠千代は筆を持ったまま、なおも止まっている。

「難しいかな」

「覚えていることはたくさんあります。でも、好きかどうか、わかりません。嘘をついてはならないと教えられているので、何も書けません」

「なるほど。鞠千代は正直者だな」

「お師匠さま、書くべきものを教えてください。言ってもらえたら、わたくしは、いろんな字が書けます。四書の書き取りの練習を毎日しています」

「それは立派だ。だったら、そうだな。おまえの父君の名前、母君の名前を書いてごらん。兄弟はいるのか？」

「兄が一人おります」

「それなら、兄君の名前も。書いてごらん」

鞠千代は筆を動かした。ちんまりとした字だ。乙黒近通《ちかみち》、郁代、宗之進《そうのしん》と、右肩下がりの癖があるが、形は整っている。

「次は、自分の名前だ。もちろん書けるだろう？」

「はい」

鞠千代は筆を振るった。鞠千代の名は、兄の名のそばにぴったりとくっついている。

「仲の良い兄弟なのかな」

「兄が優しいのです。わたくしのことをいちばん誉めてくれるのは、兄です」

「お母上も誉めてくれるだろう」

「もちろん、そうです。だって、わたくしは母が喜ぶから四書を覚えたのです。

母が喜べば、父も喜びます。父と母が喜んで家が明るくなれば、兄がますます笑ってくれます。だから……」

言いかけた鞠千代は筆を置き、きちんと両手を膝の上に揃えて、勇実を見上げた。

「どうした？　気に掛かることがあるのか？」

鞠千代は真剣にうなずいた。

「わたくしは、君子ではありません。小人です」

君子に小人とは、唐突だ。勇実はきょとんとした。

「どういうことかな」

「だって、『論語』の子路編の第十三に、君子は和して同ぜず、小人は同じて和せずとあるでしょう。母が朱子学をわたくしに覚えさせるのは、わたくしに学者になってほしいのと、君子でいてほしいからです」

「うん。お母上はどうやら、鞠千代が学問の道に進むことを望んでおられるようだな」

「だけど、わたくしが朱子学を覚えるのは、母たちが喜ぶからです。それは、阿諛追従ではないでしょうか。佞臣《ねいしん》が君主に媚《こ》びへつらうのと似て、わたくしは、同ずるばかりの小人です。本当のわたくしは、好きな言葉と言われてもわからないくらい、未熟なのです」

勇実は頬が緩《ゆる》みかけた。が、鞠千代はいたって真剣だ。じっと勇実を見つめている。

ゆるゆるとかぶりを振って、勇実は諭した。

「それは阿諛追従とは言わない。鞠千代、おまえがお母上やお父上、お兄上の喜ぶ顔のために難しい学問に励《はげ》むのは、おもねりや媚びへつらいなどとは違う言葉で表すべきだろう」

「では、何と呼ぶのですか」

「孝《こう》と呼ぶべきものだと、私は思う。孔子が大切にしている言葉だよ。もちろんわかるだろう？」

「ですが、孝というのは、もっと大きな意味を持つ言葉ではないですか」

「私は、小さな意味を持たせてもいいと思う。家族のために尽くすことは、孝という心の働きのなせるわざだ。大切なおこないであるし、大切な気持ちであると思うよ」

鞠千代は口をすぼめて、むずむずさせた。

「四書には、そんなふうには書いてありません。孝とは、政に結びつくくらいの大きなことだというふうに教わりました」

「古めかしい言葉で難しく書かれているから、そう解釈してしまうのだ。いいかな、鞠千代。文言を覚えることと、そこに書かれた道徳を実践することは違う。自分がどんな振る舞いをしているか、人はなかなか気づくことができない。よいおこないも、悪いおこないもだ」

鞠千代は、ふわふわした眉をきゅっと寄せた。

「お師匠さまは君子ですか」

勇実はかぶりを振った。

「君子ではないな。昨日も言ったとおり、朱子学をきちんと修めてもいない」

「でも、漢文が得意なのでしょう？　今までわたくしに教えてくれていたお師匠さまが、白瀧勇実先生はすごいと言っていました」

「私に漢文の読み書きができるのは、史学の書物を読むのが好きで、いつの間にか身についただけだよ。学者になるために特別に学んだわけではない」

「朱子学でなければ、学者にはなれないでしょう。なぜ史学を選んだのですか」

「選んだつもりはないな。ただ好きなだけなんだ。初めは英雄たちの物語に惹かれて、小説を読んでいた。興味の赴《おもむ》くままに読みふけるうち、二十二史や大説《たいせつ》にも手を出すようになっていた」

「小説と、大説？」

「政について書かれたものが大説だ。そういう大層なものではなく、読んで楽しむために書かれた物語のことを、小説と呼ぶ。鞠千代は『三国志演義《さんごくしえんぎ》』や『水滸伝《すいこでん》』を知っているかな？」

「いいえ」

聞き耳を立てて静かにしている筆子たちが、おや、と声に出してざわめいた。

大二郎が傍らの鞠千代に問うた。

「諸葛孔明《しよかつこうめい》や梁山泊《りようざんぱく》、聞いたことない？」

「ありません」

「もったいないなあ。格好いいんだぜ。なあ、勇実先生」

勇実は、何となく面映《おもは》ゆい気持ちになりながら、鞠千代に説いた。

「『三国志演義』も『水滸伝』も、古い時代の唐土の英雄たちをもとに描かれた物語だよ。古い時代と言っても、『三国志演義』の英雄たちが生きたのは、『論語』の孔子たちよりずっと後だ。漢の時代の終わり頃。わかるか？」

鞠千代は黙って首を左右に振った。勇実は続けた。

「孔子が生きた頃も、長い戦乱の世だった。孔子は言論や道徳の力によって世の中を落ち着かせたいと考えて活動していた。それから七百年ほどの時が流れて、三国時代には、武の力で国土を統一しようとする英雄たちがいた」

「武の力って、戦《いくさ》のことですか。その物語は、怖くはないのですか」

「怖いと感じる子もいるね。実のところ、武器を振り回すのではなく知恵を駆使して戦った軍師、諸葛孔明がいちばん好きだと言う子が、ここには多い。『水滸伝』は、朱子学が生まれるより少し前の世の中を舞台に、百八人の英雄たちが梁山泊という場所に集《つど》う物語だ」

久助が声を上げた。

「梁山泊のほうも、力自慢より、頭が切れる英雄のほうが人気があるんだぜ。軍師の呉用智多星《ごようちたせい》とか、何でもお見通しの燕青浪子《えんせいろうし》とか」

鞠千代は大きく見張った目で皆を見回した。

「みんな、物知りなのですね」

筆子たちはどっと笑った。

勇実が言った。

「おもしろいもののことはよく覚えられるんだ。私も、物語の中の英雄の活躍をおもしろいと感じたから、もっと詳しく知りたくなった。それで歴史を学び始めた。昌平坂学問所で史学の講義があるのも、これと近い理由だろう。朱子学が興った当時のことを知らねば、論の解釈に誤りが生じるからだ」

鞠千代は、ほわほわした眉をぎゅっとひそめている。勇実は、一つひとつの言葉を嚙《か》み締めるように説いた。

「朱子学が興ったのは、今から六百数十年前の唐土だ。その頃の中国は、宋という国が建っていたのだが、北方に次々と建つ騎馬の民の国々に圧迫され、南へと逃げ延びていた。その中で、なぜ朱子学のような儒学の解釈法が生まれたのだろうか」

鞠千代は、ぽつりと言った。

「難しいです」

「そうだな。私にとっても、うまく答えられないほど難しい問いだ。そんな朱子学を今の平穏な江戸で学ぶ意味とは何だろう、と、そういうふうにも考える。難しいね。でも、それらの問いに己なりの答えを出せるようでなくては、朱子学を身につけたとはいえない。わかるかな？」

鞠千代は、今度はゆっくりとうなずいた。

「やっぱりわたくしは未熟で、小人です」

勇実は鞠千代の頭を撫《な》でた。

「これから大きくなっていけばいい。時はたくさんある。私は朱子学を十分に教えることはできないが、鞠千代が朱子学者になるための礎《いしずえ》を固めることなら、手伝ってあげられると思うよ」

鞠千代はうつむいて、少し考えていた。

それから鞠千代は勇実に向き直り、丁寧《ていねい》に頭を下げた。

「精いっぱい、励みます。よろしくお願いいたします」

勇実が応えるより早く、筆子たちが、やったあと大騒ぎを始めた。


手習所がお開きになった後の、昼下がりである。夕日が傾《かたむ》くまでにはまだ間がある頃、勇実は縁側に腰掛け、いつになく上機嫌で、あずきどうふを頬張《ほおば》った。

幼い鞠千代が毎日通ってくるのは難しい。しかも郁代が一緒では何かと大変だろう。そういうことを話し合い、鞠千代がここへ通うのは五日に一度、というところで決着がついた。

帰路に就《つ》く母子を見送って、千紘は、ほっと息をついた。

「きちんとした旗本の奥さまって、いろいろと重荷を背負っているようでした。誰かに聞いてほしかったのではないかしら。郁代さま、わたしにいろいろ話してくださったの。鞠千代ちゃんの様子はどうだったのですか」

「硬くなっていたのも朝だけだった。じきに筆子たちと打ち解けて、笑ったりしゃべったりしていたよ。初めてのことばかりで疲れたようだが」

「郁代さまの肩の荷も少し下りるかしら」

勇実は千紘の横顔を見やった。はたはたと扇子《せんす》を動かし、柔らかな風を首筋のあたりに送っている。

郁代と話し込んで、疲れたのだろうか。いつもより千紘がおとなしい。

勇実は、あずきどうふを黒文字でつついた。

「鞠千代は、私が思った以上に賢いな。物覚えがよいだけの子ではない。あれがわからない、これは知らないと、そのあたりをきちんと言葉にできる」

「その賢い子に、兄上さまが朱子学を教えるのですか」

「朱子学に関しては、私はいろはを指南できるくらいのものさ。史学なら、いくらでも詳しく教えてやろう。二十二史でも『資治通鑑』でも、英雄物語のほうでもいい。あの子が何を好むのか、あの子自身に気づかせたい」

「何を好むのか、ですか」

「今の鞠千代は、母や兄を喜ばせたいだけなんだそうだ。鞠千代自身がそう言った。しかし、それではいつか折れてしまう。学問は、一生付き合っていくべきものだ。なぜ学ぶのかを自分の中に見つけなければならない」

龍治が木刀を担《かつ》いで、ひょっこりと現れた。

「普段よりも手習所がにぎやかだったようだが、昨日の坊やが来てたのかい」

「ああ。たった一日で、筆子たちとずいぶん仲良くなってくれた」

「帰り際には、刀遊びみたいなことまでやっていただろう。あのおっかさん、ぶっ倒れたんじゃないか?」

千紘は頰を膨らませてみせた。

「そんな言い方はないでしょう。郁代さまも笑っていらっしゃいました。鞠千代ちゃんにお友達ができたのは初めてだったそうだから」

勇実が、ああそうだ、と手を打った。

「『三国志』の短いのをまた出しておこう。今度、鞠千代が来たときに貸してやってもいい」

庭の龍治は、話半分に木刀をひゅんと振った。

「また『三国志』ごっこが流行《はや》りそうだな。きっと俺も駆り出されるんだ。袁《えん》紹《しょう》に曹操《そうそう》に呂布《りょふ》と、劉備《りゅうび》一派の敵役《かたきやく》ばっかりさ」

「敵役を任せられるのは、龍治さんの腕が立つからだ。上手に負けてくれる」

「俺も見せ場がほしいんだけど。源平合戦なら義経公なのにな」

千紘は噴き出した。

「まだ言っているのですか、牛若丸」

「幼名はやめてくれってば」

「武蔵坊弁慶にとっても、若君はいつまで経《た》っても若君だったのではないかしら。腕の立つ人だと尊敬する一方で、守りたい相手だった。だからこその『勧進帳』なんだわ。わたし、やっぱり弁慶が好きね」

龍治は何とも言えない顔になると、ぼそりとつぶやいた。

「千紘さんの初恋は、うちの親父だからな。親父は弁慶ってほどの巨漢じゃねえが、まあ、それなりにでかいよな。食っても太くならねえ俺と違って、腕も胸も分厚いし」

いきなりのことに、千紘は真っ赤になった。

「もうっ、龍治さん。何よ、急に。昔のことなんか言わないで」

「昔ってほど昔でもねえだろう。今でも喜んで、親父のお酌《しゃく》をするじゃねえか」

「おじさまが格好いいのは本当のことでしょう」

「弁慶贔屓の千紘さんの目には、そんなふうに映《うつ》るってこった。『三国志』なら張飛《ちょうひ》、『水滸伝』なら魯智深《ろちしん》と、でかくて怪力無双で豪快なやつが好きなんだよな。一貫してるぜ」

千紘は立ち上がった。庭に跳び下りて怒鳴る。

「龍治さん！」

にやりと笑った龍治は、いきなり、後ろざまに宙返りをしてみせた。

「俺とは全然違うな。二十を超えてんのに牛若丸と呼ばれちまう俺とはさ。さて、道場に戻るか。勇実さん、後で来いよ。手合わせの相手をしてくれ」

言うだけ言って、龍治は木戸をくぐっていってしまった。

千紘は、火照《ほて》った頰に手を当てた。

「人をからかってばかりだから、いつまで経っても子供っぽく見えるのよ」

ぶつくさ文句をこぼしたのを、勇実は笑った。

「龍治さんは、大きな男だよ。私なんかよりずっと器《うつわ》が大きい」

千紘は勇実を見やった。不機嫌顔である。

「兄上さまは、人を誉めるのはいいけれど、自分のことにも胸を張れるようになってください」

「胸を張れるようなことがあるかな」

「鞠千代ちゃんには、自分の好きなことややりたいことを見つけるよう、諭したのでしょう。兄上さまったら、いつだってそう。自分のことを棚《たな》に上げて」

「千紘はどうなんだ」

何気なく尋ねてみたら、すかさず答えが返ってきた。

「やりたいことくらい、あります。わたし、いつまでも兄上さまのお世話をしてもいられないかもしれないのですよ」

突き放すような千紘の口ぶりに、勇実は思わず息を呑んだ。

「おまえのやりたいことって、何だ」

「百登枝先生のお手伝い」

「そうか」

うまく言葉が返せなかった。

千紘は十七だ。父が生きていたら、そろそろ縁談をまとめてくれていただろう。然《しか》るべき男のもとへ嫁《とつ》げば、千紘は手習所の師匠の手伝いなどせずとも、日々穏やかに過ごしていられるはずだ。

妹を幸せにしてやらねばならないと、唐突に、勇実は強く思った。

「嫁ぎ先、か」

つぶやいてしまったのを、千紘は耳に入れなかったようだ。

千紘は腰に手を当て、縁側に座る勇実の顔をのぞき込んだ。

「兄上さま、またぼんやりして。道場に誘われたでしょう。早く行って、体を動かしてきてください」

「わかったよ」

勇実はため息をついて立ち上がった。

難題がここに横たわっていることに気づいてしまった。初めからここにあったのに、知らぬふりを決め込んでいた難題だった。

千紘を誰のもとに嫁がせればよいのだろうか。

残暑がまとわりついてくる。さっぱりと甘いあずきどうふで疲れが癒《い》えたと思ったのに、つくつくぼうしの声さえ鬱陶《うっとう》しく、のしかかってくるようだ。

兄の心、妹知らず、とでも言っておこうか。

「もうっ、兄上さまったら。ぐずぐずして」

千紘は相も変わらず、不機嫌そうに唇を尖らせている。

第四話　道を問う者

一

筆先に墨《すみ》を含ませる。硯《すずり》の端で余分な墨を落とし、塩梅《あんばい》を整える。筆を持ち上げ、紙の上に運ぶ。

どんなふうに筆を持ち、どのくらいの量の墨を使い、どんな力加減で筆を扱えばよいのか。

何も教えずとも、見よう見まねで初めからできる筆子もいる。一つもわからないまま、しかし怖気《おじけ》づかずに、挑《いど》むことのできる筆子もいる。

おっかなびっくりで手が動かなくなる筆子もいる。昨日までできていた気がしたのに、今日はわからなくなって、べそをかく筆子もいる。

皆、進み方はそれぞれだ。

勇実はよほどのことがない限り、筆子が自分で進むのをじっと待っている。

先走ってしまう筆子は、きっかけひとつで戻ってこられるものだ。のんびりしている筆子でも、いずれ一つひとつ積み重ねて進んでくれるだろう。

最後まで書き取りの稽古《けいこ》を続けているのは、白太だ。年は十一だが、体が小さい。話す言葉も書く文字も、同じ年頃の子供の中では拙《つたな》いほうだ。

しかし、白太はとても辛抱《しんぼう》強い。ほかの筆子が道具をしまっても、そわそわするでもない。今日はここまで終わらせようと、勇実と決めたぶんの書き取りは、必ず最後までやる。一人残っても、こつこつと続けている。

書き取り稽古のための反故紙《ほごがみ》が、虫の名前でいっぱいになった。まつむし、と書き終えた白太が顔を上げ、にっと笑った。

「勇実先生、終わった」

「ご苦労さん。よく書けているぞ。仮名も漢字も、たくさん覚えたな。間違ったときは自分で気づいて書き直せるようになったものな」

「初めから間違えずに書けるようになりたい。あぁあ、今日もおいらが最後になっちゃった。おいらって、のろまだね」

「のろまなんて言葉は使うな。一月《ひとつき》前の白太よりも、今日の白太のほうが、上手に字を書けるようになっている。それが大事なんだよ」

白太は、うぶげのような眉《まゆ》をしかめた。

「文字って、難しいんだ。ねじ曲がった形をしているでしょう。虫みたいにきれいな形だったら、すぐに覚えられるのにな」

筆子の中には時折、勇実には計り知れない目や耳を持つ者がいる。今世話をしている筆子では、白太がいちばん明らかだ。

勇実は微笑《ほほえ》んでみせた。

「そうだな。白太は特別に目がいい。虫の絵を正確に描くのが得意だものな」

「ううん、先生。おいらのは絵じゃないよ。形を写し取るだけは、絵と呼ばないんだって。じいちゃんがそう言ってた。絵も文字と同じで、ねじ曲がっているから、おいらには難しいんだよ」

白太の祖父は絵師だ。いくつかの筆名を使い分け、風景画や美人画、絵草紙《えぞうし》の挿絵《さしえ》などを手掛けているらしい。白太の知らない筆名もあると言っていたから、春画《しゅんが》も描いているのだろう。

人とは違う目を持つ白太は、祖父の才を受け継《つ》いだのに相違《そうい》ない。

白太の目は、ねじ曲がった形をとらえにくく、きれいな形をつい追い掛けてしまう。白太が己の口でそう説《と》くことができるようになったのは、ついこの頃のことだ。

ここまで来るのに人一倍の時をかけた白太は、ここから先の歩みもゆっくりしたものかもしれない。ならば、こちらものんびりと構えて待てばよいと、勇実は考えている。幸いなことに、白太自身は少しも焦《あせ》っていないのだ。

手習所の障子はすべて開け放っている。矢島家の庭を隔《へだ》てて、道場の様子がうかがえた。帰ったとばかり思っていた筆子が幾人か、稽古を見物していた。邪魔になるなよと、勇実は苦笑する。

ふと、千紘が庭に現れた。

「兄上さま、お客さまがいらしたのですけれど、こちらにお連れしてよろしかったかしら」

千紘がそう言ったそばから、客人は姿を見せた。

髪が薄くちんまりした髷《まげ》の初老の小男は、小普請組支配組頭《こぶしんぐみしはいくみがしら》を務《つと》める酒井孝右衛門《さかいこうえもん》である。気さくな人物で、今日もまた供廻りを連れず、自らの手にごちゃごちゃと荷物を提《さ》げている。

勇実は慌《あわ》てて居住まいを正した。

「酒井さま。何かご用でしょうか。次の面談までは、まだしばらく時があるはずですが」

「面談ではない。今日は勇実どのに紹介したい人がいてな。いきなりだが、少しよいか？」

「ええ、まあ、かまいません」

孝右衛門の手招きに応じて、一人の男がやって来た。

年の頃は、勇実よりいくつか上だろう。三十路《みそじ》よりはきっと若い。

きちんとした格好の武士だなと、まず勇実は思った。

男の着物は、ぱりっと糊《のり》が利《き》いている。髪も乱れがなく、つやつやして、丁子油《ちょうじあぶら》が香りそうだ。微笑んだ物腰は柔らかな印象だが、優男《やさおとこ》と呼ぶには体つきがしっかりとしている。

まなざしが独特だった。目尻には小さな笑い皺《じわ》さえあるのに、奇妙な鋭さを感じさせる。じっと奥までのぞき込んでくるような、ひどく強いまなざしだ。

半端な沈黙を破ったのは、相手のほうだった。

「尾花琢馬《おばなたくま》と申します。白瀧勇実どの、あなたのお噂《うわさ》はかねがねうかがっておりました。たいへん優《すぐ》れた才をお持ちだと。お話ししたいと思っておりましたよ」

勇実は訝《いぶか》しんだ。

「私は、そう名が知られるほどの者でもありませんが」

「ご謙遜《けんそん》を。小普請組の若手では随一《ずいいち》とうかがっております。手習所の師匠で終わってはもったいないとね。少しお話をよろしいでしょうか」

「何の話です？」

「ごあいさつ程度に、手短に。ああ、何だか懐かしいですね。その小さな天神机《てんじんづくえ》も、この墨の匂いも。手習所というものは、どこも似ているものだ。上がらせていただいても？」

「かまいませんが」

琢馬はことさらに、にこりと微笑んだ。敵意など微塵《みじん》もないと言わんばかりの笑みである。

しかし勇実は、張り詰めたものを感じた。琢馬は一分の隙《すき》をも見せようとしない、と思った。

道場で木刀を握っているときの感覚に似ている。手強い相手と遠慮なしの試合をするとき、始め、の合図を待って、互いの目を見つめ合っているときのようだ。肌がちりちりとする。

白太が急に大きな声を上げた。

「うわあ、まつむしだ！」

それで皆の注意がそれた。勇実は、ほっと肩の力を抜いた。

白太が指差したのは、孝右衛門が両手に提げた虫籠《むしかご》である。全部で三つ。孝右衛門は顔をほころばせると、手習所の縁側に腰掛け、虫籠を置いた。

「そんなに遠くから、これがまつむしだと、よくわかったな。おまえさん、虫が好きなのかね」

「うん、大好き。姿も声も好き。まつむしはね、夜になると、ちんちろりんって鳴くんだ」

「虫の声はいいものだな。おじさんは、実は虫をたくさん育てているのだよ。これはおじさんが育てた中でも特に立派なまつむしなのだ。見たいかね？」

「うん」

「それでは、おじさんたちが勇実先生と話をする間、坊やに預かっていてもらおう。猫や鳥に襲われたらかなわんからな。千紘さん、一緒に見ていてもらえるかね？」

千紘はうなずいた。

「わかりました。それでは、屋敷のほうでお待ちしていましょうか」

「そうしてくれるかね」

「はい。白太ちゃん、こっちにいらっしゃい」

千紘に手招きされた白太は、ぱっと飛んでいった。孝右衛門から虫籠を渡されると、目をきらきらさせて、食い入るように見つめた。

三つの虫籠は、一つひとつに札がついている。まつむしの名前が記されているようだ。白太がたどたどしく読み上げた。

「いちすけ、にぞう、さんぺい」

千紘は白太の頭を撫《な》でた。

「よく読めました。読み書きにきちんと励《はげ》んでいるのね」

白太は得意げに何度もうなずいた。

誉《ほ》められて、嬉しくてたまらない。こんなふうに気持ちが高ぶってしまうと、白太は上手に言葉を口にできなくなる。ただにこにこして、喉《のど》を鳴らすように、うんうんと歌うばかりだ。

千紘と白太は虫籠を持って手習所を離れていった。

道場からは威勢のよい掛け声が聞こえてくる。筆子が三人ほど居座って、道場の様子を見物している。

勇実は障子を半分だけ閉めた。琢馬や孝右衛門と話をするところを、筆子たちに見られたくない気がした。

勇実は、琢馬と孝右衛門を中へ招いた。

「散らかしたままで申し訳ありません。さっき筆子たちが帰っていったばかりなんですよ。たった今まで字を書いていた子もおりましたし」

白太の道具は広げっぱなしだ。

琢馬は珍しそうに、白太の筆跡を見下ろした。

「虫の名前で書き取りの稽古ですか。先ほどの男の子ですよね」

「はい、あの子です。毎日いちばん最後まで粘って、書き取りの稽古をしています。まだまだ拙いのですが、根性があって。いつか大化けするのではないかと期待できる子ですよ」

「大したものですね。ああ、ここは惜しいな。ま、という字が裏返しになっている」

「む、という字の穴の位置は間違えなくなりましたよ。ご覧のとおり、虫の名前があの子の教本なんです」

「それはよほどの虫好きだ。私もあの子に虫のことを教わろうかな」

「虫に関心がおありで？」

「近頃、私の父が虫の鳴き声に凝《こ》っていましてね。よい声で鳴く虫を探していたところ、小普請組支配組頭の酒井さまが虫を育てていると聞きつけました。酒井さまとはちょうどお話をしたいと考えておりましたし、さっそくお声掛けしたのです」

孝右衛門はほくほくとした顔でうなずいた。

「さよう、渡りに船であったな。虫のことも、勇実どののことも」

「ええ。よいご縁を得ました。父が虫の道楽に目覚めたのも、ご縁に導かれてのことだったのでしょうね。酒井さまにお持ちいただいたまつむし、父もきっと喜ぶはずです」

琢馬のしゃべる声、紡《つむ》ぐ言葉は、不思議なほど耳に心地よい。

弁舌爽《べんぜつさわ》やかとはこういうことかと、勇実は思った。能弁は、武士においてはさほど美徳とされないが、勇実の親しむ唐土《もろこし》の英傑《えいけつ》は皆、言葉を操《あやつ》るのがうまかったとされる。英傑たちは、言葉の力で人の心をつかんだのだ。

勇実はつい、琢馬の話しぶりに聞き入っていた。が、気を取り直して、琢馬に問うた。

「ところで、私にお話というのは、一体何なのです？」

孝右衛門と琢馬は目配せを交《か》わした。琢馬が、どうぞ、と手振りで示した。孝右衛門が口を開いた。

「お父上の源三郎どのが亡くなって、どれくらいになるかのう」

「父が死んだのは、文政に改まった年（一八一八）の秋でしたから、そろそろ三年です」

「三年か。早いのう。源三郎どのは優しげなようでいて、なかなかに頑固だった。儂《わし》のもとにも、かつて源三郎どのと共に勤めていた者たちが来て、源三郎どのを勘定所《かんじょうしょ》に連れ戻すにはどうすればよいかと、相談を持ち掛けられたこともあった」

「他に類を見ないことなのでしょう」

「むろんだ。源三郎どのはよほどの能吏《のうり》であったのだろうて。勇実どの、源三郎どのが勘定所で働いていた頃のことを覚えておるかね。もう十年以上も前であろうが」

「十二年前までです。私が十一の頃まで、父は支配勘定のお役に就《つ》いていました。父がお役を辞《や》めた頃のことなら、私も幼《おさな》くはありましたが、次から次に大きな出来事が起こったので、刻《きざ》みつけられたようによく覚えています」

「源三郎どのが支配勘定を辞めて小普請入りしたところからしか、儂はよく知らんが、大変だったのだな」

　琢馬が口を挟んだ。

「私も父から聞いておりますよ。申し遅れましたが、私も父も勘定所に勤めているのです。父は当時、源三郎どのと共に働いていたそうです。源三郎どのは罪を自らかぶったそうですね。帳簿が紛失したとき、誰かが責めを負えばよいと言って」

　勇実は、ほう、と息をついた。

「あの日、父はひどく威勢のいい様子で帰ってきたんですよ。変に明るく笑いながら。今から腹を切らねばならんかもしれんと、昼間のうちから酒に酔っているかのような様子で。あまりに異様だったので、よく覚えていますとも」

　忙しさにかまけて、めったに屋敷で姿を見ることのなかった父が、いきなりおかしな振る舞いをした。乱心したのか、狐《きつね》でも憑《つ》いたのかと、幼い勇実は恐ろしく思ったものだ。

琢馬は事情に詳しいようだった。もしかしたら、勇実よりも、いろいろ知っているのかもしれない。

「しかし、源三郎どのが腹を切れと命じられることはなかったのですよね。帳簿はすぐに見つかり、勘定所の皆は大慌てで事を収めに走ったそうです。調べは不要であるとか、誰にも罪はないとか、源三郎どのを止めねばだとか」

「父が腹を切るなどと言い出したせいで、かえって大騒ぎになったのでしょう」

「取り返しのつかないことにならずに済んで、よかったと思いますよ。源三郎どのが身に覚えのない罪を自ら進んでかぶったのは、なぜだったのです？」

勇実はかぶりを振った。

「さて、なぜだったのか。はっきりと父の口から聞いたわけではありませんが、お役から退《しりぞ》く口実を探していたのではないでしょうか」

「能吏だったとうかがいました。二人ぶんも三人ぶんも働いてしまうほど勤勉な人柄でもあったと」

勇実はまた、かぶりを振った。否定しなければならないことがいくつもある気がして、かぶりを振り続け、言葉を重ねる。

「ちっとも屋敷に帰ってこない父でした。働いて働いて働いて。なぜそんなに根《こん》を詰めていたのかわかりませんがね。心労がたまってしまったのは、母でした。倒れて床に就いて、朦朧《もうろう》としながら父への恨み言《うらごと》を口ずさんでいました」

姿を見ない代わりに、話だけはよく聞こえてくる。それも、よくない話だけ。幼い頃の勇実にとって、父はそんな人物だった。父を好きかと問われれば、正しくない答えだとわかっていても、嫌いという言葉が口をついて出た。

あの頃の白瀧家は幸せではなかった。あまり思い返したいことではない。

だが、琢馬は古い話を続ける。これを話すために、わざわざ勇実を訪ねてきたのだ。

「父に聞いた話によると、たまりにたまった帳簿の整理を、源三郎どのが請《う》け負っていたそうです。古い記録を年次の順に並べたり、紙が傷《いた》んだものを筆写して保管し直したり。いつか誰かがやらねばならない役目でした」

「無理をしてまで父が一人でやる役目でもなかったはずですがね」

「ですが、源三郎どのがやってくださった仕事は、今でも勘定所で役に立っていますよ。本当に仕事のできる人だったのだと、書類を見るたびに感じます。ああ、言っていませんでしたね。私も今、支配勘定のお役に就いておりまして」

琢馬の穏やかな口ぶりが、勇実の胸中のささくれを刺激する。いけない、と思いつつも、勇実の語調が強くなってしまう。

「母がかわいそうでした。当時は妹も幼く、父は多忙な割に禄《ろく》が高いわけでもなく、私も何の役にも立てない子供でした。母は倒れ、そのまま病《や》みついて亡くなりました。さすがの父も、それがこたえたようです。父が勘定所のお役を返上したのは、何をさておいても、母のことがあったからだと思います」

琢馬はなおも穏やかに微笑んで、勇実の話にうなずいた。

「そのような経緯《いきさつ》だったのですね。なるほど。それで、源三郎どのはどんなに誘いを受けても勘定所に戻ってこなかったわけだ。皆が復帰を望んでいたのに」

「皆ではないでしょう。父自身、後になって、こぼしていましたよ。あの頃は目立ってしまった、きっと嫉妬《しっと》を買っていただろうと」

「無能な者からの嫉妬など、気に留める必要もないでしょうに。今の私の上役がもっと早く勘定奉行のお役に就いていたら、自らここへ足を運んで、源三郎どのに復帰を訴えたことでしょう」

孝右衛門は身を乗り出した。

「聞けば聞くほどに、源三郎どのがお役を辞してしまったことが惜しく感じられる。しかしのう、源三郎どのは、自分は手習所の師匠として一生を終えるのが性に合っていると繰り返すばかりだった。実際、そのようになってしまわれたわけだが。早すぎたのう」

　およそ三年前、源三郎は死んだ。風邪《かぜ》をひいて熱が上がって、みるみるうちに衰弱し、すっと眠ったかと思うと、もう息をしていなかった。

　勇実は目を伏せた。

「手習所の師匠になった父のほうが、私は好きでした」

　琢馬が、いっそ無邪気なほどの口調で言い放った。

「源三郎どのはそうだったかもしれません。私はお会いしたことがありませんから、何とも申しようがありませんが。しかし勇実どの、あなたは源三郎どのとは違うでしょう。あなたは、なぜ手習所の師匠なのですか」

　瞬時、勇実は息が止まった。

　突きつけられた問いの、刃《やいば》のごとき鋭さに、頭の中が真っ白になった。勇実は源三郎ではない。源三郎の歩んだ道が、勇実の歩むべき道だとは限らない。

　考えたくない問いだった。

　今の暮らしは穏やかだ。父のいない寂しさにも慣れた。このまま何ひとつ変わらず、ずっと続いていけばいいと、勇実はいつしかそう思ってしまっている。

勇実は息を吐き出し、畳の目を数えた。眉をひそめ、琢馬に言葉を返した。

「何をおっしゃりたいのですか」

琢馬はお辞儀をするように畳に手をつき、勇実の顔をのぞき込んだ。

「単刀直入に申せば、あなたを引き入れにまいりました。勘定所の席に近々空きが出ます。あなたにはその席に着いていただきたい。見習いから始めることになりますが、あなたなら、すぐに出世できましょう」

「なぜです？　なぜ尾花どのがそんな話を私に持ってくるのですか」

琢馬は、花のほころぶように微笑んだ。寸分の違《たが》いもなく甘い笑顔である。

「戯言《ざれごと》のように聞こえてしまうかもしれませんが、私は、朋輩《ほうばい》がほしいのです。同じ仕事をし、苦労を分かち合える、年の近い朋輩が」

「朋輩ですか」

「ああ、年が近いなどと言うのは図々しいでしょうか。私のほうが五つほども上ですから」

「年の差くらいで図々しいとは申しませんが。しかし、なぜ私なのです？」

「あなたがたいへん優れているとうかがったからです。身元もきちんとしています。空いた席をおかしな輩《やから》に奪われては損失でしょう。私は、あなたに働いてもらいたいのです。我が上役、遠山左衛門尉景晋《とおやまさえもんのじょうかげみち》さまの名に懸《か》けて、勇実どのの出世をお約束します。早ければ十年で、旗本にもなれるやもしれません」

「出世、ですか」

勇実は困惑した。

その実、孝右衛門にお役の斡旋《あっせん》を受けることはままある。源三郎がずっとそうであったし、源三郎亡き後は勇実がその話を受けている。

が、源三郎も勇実も、そういった話を断り続けてきた。

源三郎には断固とした意志があった。自分は手習所の師匠として一生を終えるのだと、誰の前でもはっきりと公言していた。

では、勇実はどうか。

もし勇実がご公儀のお役に就くのなら、筆子たちの行き先をまず考えてやらねばならない。誰をどこに預ければよいかと算段するうちに、勇実は面倒になってくるのだ。だから、別の仕事など考えたくない。

琢馬の誘いは、孝右衛門のそれとは性質が違うように感じられる。

「勇実どの、いかがですか。話に乗ってはもらえませんか。悪い話ではないでしょう?」

琢馬は、勇実に対する親切心だけで言っているわけではあるまい。琢馬自身のための胸算用《むなざんよう》があるに違いない。朋輩、などという他愛《たわい》ない言葉を使ったが、それは本心なのか。

勇実は辛《かろ》うじて言った。

「手習所の師匠として、ようやくうまくいき始めたところです。父からここを引き継いで、やっと三年ですから。今は、ほかのことは考えられません」

「今は、ですか」

「ええ……まあ、そうですね」

琢馬はくすりと笑うと、潔《いさぎよ》く立ち上がった。

「今日はあまりに唐突《とうとつ》でしたよね。失礼しました。またまいりますよ。邪険《じゃけん》にしないでくださいね」

軽く頭を下げる仕草さえ、どことなく優雅だ。女ならころりといきかねないと、色恋沙汰《いろこいざた》に疎《うと》い勇実でも思った。

見送るべきかと腰を上げかけたが、こちらの片づけがあるでしょうと、琢馬に制された。孝右衛門は慣れたものだ。琢馬を伴《ともな》って道場へあいさつに行き、野趣《やしゅ》あふれる庭をぐるりとしてから、白瀧家のほうへと木戸をくぐっていった。

勇実は手を動かすこともできず、半ば呆然《ぼうぜん》としていた。

「おかしな話だ。なぜ私なのか」

御家人の数よりお役の数がずっと少ない。ひとたびお役を返上してしまえば、戻ってこいなどと、普通は誘ってもらえるものではない。

恵まれていると喜ぶべきだろう。求めに応じてお役に就くのが武士の務めならば、勇実のぐずぐずとした態度は、ご公儀に弓引くものと言われかねない。

だが二百年前とは違うのだ、とも思う。ご公儀の下での武士のあり方というものは、ずいぶんと変わった。

戦国の世のならいで、幕府が立った当初の御家人は、呼び出しがかかればすぐに駆けつけられるよう、武芸を磨《みが》いて機を待つのが役割だった。あくせく働かないことも務めのうちだったのだ。

二度の大坂《おおさか》の役《えき》が収まり、島原《しまばら》の乱が鎮圧《ちんあつ》された後は、世に戦《いくさ》などなくなった。次第に世の中が豊かになってくると、昔と同じ額面の禄米だけでは、武士の暮らしは立ち行かなくなった。江戸に住む武士の多くは、まるで職人のように手仕事に勤《いそ》しんでいる。

時の流れにしたがって、世の中が変わり、人の暮らしが変わる。史学を修《おさ》める勇実は、それを当たり前ととらえている。達観、と表されたこともある。ほかならぬ父、源三郎がそう言った。悪いことではあるまいとも言った。

「武士らしさなんてものに未練も執着もないんだがなあ」

ぽつりとこぼれたのは本音である。人前で言ってはならないものだ。たとえ千紘の前でも。

障子を開けて耳を澄《す》ますと、屋敷のほうから千紘と白太のはしゃぐ声が聞こえた。まつむしを囲んで、楽しく話をしているようだった。

二

「よう、勇実さん。さっきのは誰だったんだ」

龍治がひょっこりと顔を出したのは、琢馬と孝右衛門が帰ってから、たっぷり一刻(約二時間)も経《た》った後だった。

夕暮れの気配が近づいている。日差しは傾《かたむ》き、庭の木々の影は長く伸びている。

勇実は肩の力を抜いた。

「尾花琢馬どの。勘定所の役人だそうだ。さっき、酒井さまが道場のほうにも案内していたようだが」

「ああ、俺はちょうどそのとき、母屋《おもや》に引っ込んでいたからな。親父があいさつをしたらしい。それで、そのお役人がわざわざ手習所に何の用だって？　鞠坊《まりぼう》みたいな神童《しんどう》の親父かい？」

「いや、そうじゃない。学問指南のことではなくて……私の父が昔やった仕事のことを誉めていた。尾花どののお父上が、私の父をご存じらしくて。まあ、そういう話だった」

勇実はつい、言葉を濁《にご》してしまった。龍治に隠し事などしたいわけではない。ただ、琢馬に持ち掛けられた話をまだ呑《の》み込めずにいる。頭の中が取っ散らかったままで話せることではなかった。

龍治は怪訝《けげん》そうに眉を段違いにしたが、深く尋ねてはこなかった。ぱっと表情を変えると、後ろ手に持っていた文《ふみ》を取り出し、ひらひらと振ってみせた。

「道場で預かっていた。勇実さん宛の恋文だ」

「からかうのはよしてくれ。鞠千代のところからだろう」

「引っ掛からねえのかよ。かわいくねえな。そうだよ。鞠坊からのお遣《つか》いだって言って、乙黒家の中間《ちゅうげん》がこいつを置いていった。勇実さんにじかに渡したかったんだろうが、尾花どのとかいう男がまだ勇実さんと話していたらしくてな」

勇実は龍治から文を受け取った。きっちりと折り畳《たた》まれた紙片を開き、横からのぞき込む龍治にも見せる。

文は、鞠千代が自らしたためたものだ。丁寧《ていねい》で粒の揃《そろ》った手蹟《しゆせき》だが、やはり筆遣いにはあどけなさがうかがえる。

勇実は思い出して、くすりと笑った。

「文を書くのは初めてだと、目を輝かせていたな」

「鞠坊がかい」

「ああ。お母上に教わりながら書いているそうだ。鞠千代ほどの子になると、お母上から何がしかの学びを伝授されることがめったにないんだな。お母上はよき師匠であると、鞠千代は嬉しそうにしていた」

「なるほどな。しかし、何が書いてあるんだ？　子供の手にしちゃ読みやすい字だが、中身がちんぷんかんぷんだ」

「鞠千代は五日に一度、ここへ通ってくるだろう。ここに来ない日も、屋敷に学問指南の師匠を招いて、四書五経の素読《そどく》を続けている。それがどこまで進んだか、経書《けいしよ》のほかに詳しく学びたいことはないか、文に書いて知らせてくれるんだ」

勇実は鞠千代の文を畳んだ。

ささくれ立っていた胸の内が、筆子からの文ひとつで、いくらか落ち着いた。深く息を吸う。

墨の匂いを、不意に強く感じた。勇実はこの匂いが好きだ。日頃ずっとこの匂いの中にいるせいで、心地よい匂いだなどと、いちいち思い出すこともないのだが。

「勇実さんはずぼらなようでいて、筆子たちのことになると、やることが細かいな」

「子供というのは、一人ひとり、まったく違うからな。鞠千代のような子を今まで預かったことはないから、難しく感じるところも出てくるだろうが、まあ、どうにかするさ」

「勇実先生を新入りに取られた、なんて騒ぐやつはいないか？」

「そのあたりは、あの子たちもわかってくれると思う。振る舞いには、私も気をつける。鞠千代だけに肩入れをするつもりはないよ。みんなかわいいからな。一人残らず皆を贔屓《ひいき》したい」

龍治は、いきなり、ぱしんと勇実の肩を叩いた。

「よし、勇実さんの顔が明るくなってきた。鞠坊の文で正気づいたな。筆子らが勇実さんにとって一番の良薬ってことか」

勇実は思わず、顔に手を触れた。

「そんなによくないように見えたかな」

「この世の終わりみたいな顔をしていたぞ。悩みを一人で抱え込むのはよせよ。俺でよけりゃ、何でも力になるからさ」

勇実は微笑んだ。

「ありがとう。あまり考えないことにするよ。さて、今日は道場にお邪魔しようかな」

龍治は身軽に弾《はず》んで立ち上がった。

「そう来なくっちゃ。勇実さんも、庭で素振りだけじゃあ物足りないだろう。うちの門下生らの手合わせの相手になってやってくれよ」

「わかった。木刀を取ってくる」

龍治はひょいひょいと飛び跳ねながら、道場へ戻っていった。

一人残った勇実は、手習所の片づけをした。部屋の中を舞う埃《ほこり》が、西日の中できらきらとして見えた。それを目の端にとらえながら、何となく手が止まる。

琢馬の問いは、やはり胸に引っ掛かり続けている。

「私が選ぶべき道、か」

ため息がこぼれた。

答えなど出せるはずがないのだ。なぜなら、勇実は今まで己にその問いを向けたことがない。考えたことのない問いの答えなど、すんなり言葉にできるわけがなかった。

「何せ、ずぼらでのんびりしているからな」

千紘によく叱《しか》られることだ。

勇実はそっと苦笑すると、手習所の戸締まりをした。

三

百登枝が小首をかしげ、頰《ほお》に手を当てた。

「あら、ご来客のようですね。どちらさまかしら。見覚えのない殿方ですけれど」

殿方という一言に、お行儀よく手習いに励んでいた女の子たちは、一斉に顔を上げた。たちまち手習所は、黄色い悲鳴を呑み込んだ、得《え》も言われぬ息遣いに満ちる。

役者のような色男、と、お江がませた口ぶりでささやいた。

千紘は目を丸くした。

「尾花さま」

百登枝がおっとりと千紘に尋ねた。

「千紘さんのお知り合いですか」

「はい。ですが、親しいわけではありませんよ。兄と話をするために先日見えたかたで、わたしはごあいさつをしただけです」

「でも、あなたにご用がおありのようですよ」

百登枝の言うとおりだ。琢馬は微笑み交《ま》じりに千紘を見ている。

井手口家の若い女中が千紘を呼びに来た。女中は、琢馬の甘い顔立ちにとろかされた様子で、頬が真っ赤だ。

筆子たちがささやきを交わす中、千紘は立ち上がって裾《すそ》を整えた。

「ちょっとお話ししてまいります。すぐ戻りますから」

百登枝は庭を指した。

「あずまやをお使いなさい。今は木芙蓉《ふよう》の花がきれいに咲いていますよ」

「ありがとうございます、お師匠さま」

千紘が手習所の外に出ると、琢馬はまず謝った。

「こちらにまで押し掛けてしまって、申し訳ありません。酒井孝右衛門さまから、こちらのことをうかがったのです。お邪魔でしたよね」

「邪魔ではありませんけれど、筆子たちがびっくりしています。お話でしたら、手短にお願いできますか」

「ええ、そのつもりです。よかった、追い返されなくて」

琢馬は冗談めかして笑った。端正な顔がくしゃりと和《やわ》らぐと、思いがけず、あどけないほどの人懐《ひとなつ》っこさがにじんだ。

千紘は庭のほうを指し示した。

「どうぞこちらへ。あずまやがありますから、掛けてお話しできます」

千紘が先に立って、道しるべのように敷かれた飛び石をたどっていく。広く、手入れの行き届いた庭である。

あずまやは、百登枝が筆子とまじめな内緒話をしたり、喧嘩《けんか》をした筆子たちの仲直りの話し合いをしたり、日和《ひより》がよいときは百登枝の読書の場になったりと、日頃からよく使われている。

百登枝が言ったとおり、そこは満開の木芙蓉で華《はな》やいでいた。昼下がりの日の光に照らされた花弁は、あるかなきかの風にひらひらとそよいでいる。

ふわりと甘い香りが、千紘の鼻をくすぐった。嗅《か》ぎ慣れない香りだ。木芙蓉はほとんど香りがしない。

では、今のは何の香りかしら。千紘は不思議に思った。

琢馬が床几《しょうぎ》に腰を下ろしたとき、また、あの甘い香りがした。それで、千紘はぴんときた。きっと麝香《じゃこう》だ。琢馬が着物に焚《た》きつけているのだろう。

千紘はつい、襟足《えりあし》に指を触れた。朝、早足で歩いてきたせいで、少し汗をかいた。おかしな匂いがしていないだろうかと、今さらのように恥ずかしくなった。

琢馬は千紘に微笑んだ。

「私が今日ここへ来たのは、勇実どのとお話しする前に千紘さんの許しをいただきたかったからなんですが」

「許しですか」

「千紘さんは昨日、勇実どのから話を聞きましたか。私が勇実どのと何を話したか」

促《うなが》されて、千紘は琢馬の隣に腰掛けた。

「兄は、ほとんど教えてくれませんでした。お役を紹介されたとしか」

「あっさりしていますね。やはり私の話は響きませんでしたか」

「すみません」

「千紘さんが謝ることではありませんよ。私は心から勇実どのにお願いしたいと思っているのですが、どうも通じなかったようです。仕方ありませんかね。だって、いきなり押し掛けたりなんかして、胡散《うさん》くさいでしょう」

千紘は笑った。

「胡散くさいだなんて、ご自分でそんなふうにおっしゃいます？」

「言いますとも。うまい話を持ってきて、あの男は一体何を考えているのかと、勇実どのは私を気味悪く思ったでしょうね」

「いいえ。兄はそんなふうには受け取らなかったはずですよ。尾花さまのことは、お若いけれども聡明《そうめい》で秀《ひい》でた人だと言っていました」

「お優しいことです。勇実どのは、手習所の筆子たちへのまなざしも温かかった。そういうお人柄なんですね」

「優しいと言えば聞こえがよいのですけれど。もっとしっかりしてもらいたいことばかりです。己に自信があるのか、ないのか」

琢馬の目尻には、ごく小さな鳥の足跡のような笑い皺がある。両目が形よく弧《こ》を描くたびに現れる、その鳥の足跡が、なぜだか千紘の視線を惹《ひ》きつけた。

「千紘さん、よろしければ、勇実どののことを聞かせていただけませんか」

「兄のことをですか」

「はい。千紘さんから見た勇実どののことを」

「でも、兄は昨日、尾花さまは我が家のことをご存じだったと言っていましたよ。わたしが話してさしあげるほどのことって、ありますか」

琢馬はうなずいた。

「ありますとも。私が存じ上げているのは、ほんの一面だけですよ。お父上のかつての仕事ぶりや、そのお父上から勇実どのが手習所を引き継いだこと、手習所で教える傍《かたわ》ら、学問の教本の写本を作っていること。そのくらいしか知らないのですよ。つまり、私は勇実どののお人柄を存じ上げないのです」

「尾花さまがお知りになりたいのは、例えば、屋敷にいるときの兄の様子でしょうか。手習所の師匠ではないときの、兄の様子」

「はい。先ほどからうかがっていると、千紘さんから見て、勇実どのは少々頼りりなどする。

なく思えるのでしょうかね」

千紘は頬に手を当てた。百登枝の癖が移って、気づくと、同じ仕草をしていた

「兄の世話を焼かねばと思うようになったのは、いつからでしょうね。わたしと兄は六つ離れているので、わたしが物心ついた頃には、もう十分に大きかったように感じていました。その実、当時の兄も、まだ前髪《まえがみ》も切っていない幼子だったわけですけれど」

「わかりますよ。私にも兄がいましたから。四つ違いでしたが、それでも十分、兄は大人に見えていました」

いました、という言い方を、琢馬は選んだ。千紘は何となく察した。

「お兄上さまは……」

「死にました。二年ほどになります。兄の死によって、次男坊の私が長男の代わりに立つことになり、身なりを整えて礼儀作法を覚え、仕事を叩き込まれて。あっという間に、今に至ります」

「まあ。大変でしたのね」

「大変でしたね。それでよかったとも思います。我武者羅《がむしゃら》になって、何も考え

ず、前に進むことだけを目指してきました。近頃ようやくまわりが見えるようになってきた。いえ、まだ慣れていないところもありますね。こんな結《ゆ》い方」

琢馬は、きちんとまとめられた鬢《びん》のあたりに触れた。

「お嫌なのですか。お似合いですけれど」

「もうちょっと力の抜けた結い方のほうが粋《いき》でしょう。と、そんなふうに父に口答えをしたら、遊び人のようなことを言うでない、武士に粋などというものはいらんのだと、臍《へそ》を曲げられました」

琢馬は、からからと声を立てて笑った。遊び人のような、と言われてしまったのも、さもありなん。口を開けて笑うと、役者もかくやというほどの華がある。

千紘もつられて少し笑った。

「お供も連れず、一人で身軽に動かれるのも、そういうことですか」

「ええ。遊んで回るときは一人で屋敷を抜け出していましたから。まあ、いつでもどこにでもお供を連れていけるほどの余裕は、我が家にはまだありませんが」

まだ、という言葉に力が入っていたように、千紘は感じた。

「尾花さまと兄は、まるっきり反対です。兄は出不精《でぶしょう》で面倒くさがりで、お洒落《しゃれ》のことは一つもわからない。尾花さまは垢抜《あかぬ》けていらっしゃいますよね。こうして足しげく、兄のために骨を折ってくださいますし」
「勤勉とは言ってもらいますね。それしか武器がないのです。千紘さんは勘定所がどんなところか、ご存じないでしょう」
「ええ。父がそこに勤めていた頃のこと、わたしは覚えておりません。尾花さま
は今、苦労なさっているのですよね？」

琢馬は静かな微笑み方をした。目尻の笑い皺はなおも消えない。
「私は次男坊ですから、どうしても出遅れるところがあるのです。武家の跡取り
として生きてきた人々に比べると、経験が足りない。どっしり構える度胸も足り
ません。兄の死に関しての嫌な噂も、まだ時折聞こえます。私は、何かと立場が
弱いのです」

千紘はうなずいて聞いた。
嫌な噂というのはきっと、琢馬が兄から跡取りの座を奪った、というものだろ
う。おもしろおかしく噂を立てたがる者がいるのは、わからないでもない。
琢馬は拳《こぶし》を握り込んだ。目元に浮かべた柔和《にゅうわ》な笑みよりも、硬い形の拳のほ
うが、胸の内の想いに正直なようだった。
「早くまわりに追いつかねばならない。見劣《みおと》りがすると言われてはならない。そ

のためには、動くしかありません。幸い、上役には恵まれています。父ともども、私は目を掛けていただいている。そのかたに動けと命じていただける限り、私はただ動き続けるのです」

「上役ですか。どのようなかたなのでしょう」

「勘定奉行を務めておられる遠山左衛門尉景晋さま。かつて昌平坂学問所の学問吟味《ぎんみ》に甲科筆頭《こうかひっとう》で及第され、蝦夷地《えぞち》や長崎《ながさき》などで異国の者たちとも渡り合ってきたやり手です。五年前に江戸に戻られ、二年前から勘定奉行として辣腕《らつわん》を振るっていらっしゃいます」

「尾花さまも、できる上役に見込まれていらっしゃるのですね。素晴らしいわ」

琢馬は言葉に力を込めた。

「その遠山さまが、千紘さんのお父上の仕事ぶりに目を留められたのです」

「何ですって。父が勘定所に勤めていたのは、ずいぶん昔のことなのに」

「埃をかぶって積まれていた古い帳簿や書類を、千紘さんのお父上が整理してくださっていたのですよ。それが今でも皆の役に立っています。むろん遠山さまのお目にも留まり、白瀧源三郎なる者をすぐにも呼び寄せたいとおっしゃいました」

「だから、父の代わりに兄を？　でも、兄は勘定所のお仕事なんて、したこともありませんよ」

「勇実どのなら、すぐに仕事を覚えられるでしょう。それができるだけの才をお持ちのはずですよ」

「買いかぶりではありません？」

琢馬は首を左右に振った。くすくすと、また笑っている。

「千紘さんは、勇実どののことになると手厳しいのですね。買いかぶっているわけではないつもりですよ。勇実どのは本当に優れていますから」

「そうだといいのですけれど」

「勇実どのの写本を見せてもらいました。あれは骨の折れる仕事でしょう。中身のほうもきわめて優れていると、遠山さまがおっしゃいました。ただ書き写しただけではない、史学に通じているからこその見事な写本であると。遠山さまも昔、勉学のための教本を書いておられましたから」

「兄が手掛けているあれがおわかりになるなんて。遠山さまは博識であられるのですね」

「あのかたが知らぬことは何もありませんよ。それからね、書物問屋翰学堂の主人から、勇実どのが算額《さんがく》を解かれた話もうかがいました」

「ああ、算額。あれは去年でしたか。かつての筆子から挑戦を受けて、浅草や芝《しば》で絵馬《えま》の和算《わさん》を解いて回ったことがありました。兄が勝ったそうで」

「見事な算額でしたよ。漢学に強いだけでなく、算額勝負でも腕が立つとは。その成果をご覧になった遠山さまが、勇実どのならば信用できそうだとおっしゃいました」

「そんなふうにお誉めいただけるのは嬉しいことですけれど、でも……」

「勇実どのにはできそうにないと、千紘さんは思われますか」

いや、そうではない。千紘は考え、言葉を選びながら答えた。

「兄には、本当は、できないことなどないと思うのです。何でも知っています。そろばんも使わず、さっと勘定をしてみせることもできます。古今東西、いつどこで起こった出来事についても、筆子に問われて答えられないことはない。でも、その力を表に出したがらないのです」

「私もそのように感じました。千紘さんは、じれったく思いませんか」

「とてもじれったいです。もっといろいろなことができるはずなのに、兄は、自分にはできないと言います。そう思い込んでいるのです。それに、兄は何だか武士らしくないでしょう？」

「武士らしくない、ですか」

「うまく言えないのですけれど」

「武士らしさとは何なのでしょうか。千紘さんが今の勇実どのを武士らしくないと感じるのは、なぜです？」

難しい問いだ。だが、きっと、答えを探さねばならない問いでもある。

兄の前では、千紘はしかめっ面《つら》に膨《ふく》れっ面《つら》ばかりだ。時には自分でもびっくりするくらい、きつい当たり方をしてしまう。

理由がないわけではない。勇実が千紘にとって理想どおりの兄ではないから、千紘はいらいらしてしまう。聞き分けのない幼子のように、つんとして意地悪を言いたくなる。

「武士らしさって、きっと、自らのなすべきことをきちんと果たす、ということだと思います。武士という身分に生まれたからには、役目があるはずでしょう。ならば、兄にはそれを果たしてほしい。兄にはその力があるはずですから」

琢馬は床几を立つと、千紘の正面にひざまずいた。そうすると、床几に掛けた千紘よりも、琢馬のほうが低くなる。琢馬は、まっすぐに千紘を見上げた。

「勇実どののほどの人がお役にも就かず放っておかれるのは、正しくありません。勇実どのには、よりふさわしい活躍の場があるはず。私どもに力を貸していただきたい。勇実どのを説き伏せたいのです。ご協力いただけませんか」

琢馬は柔らかな物腰の下に、ひどく強いものを秘めている。千紘は、琢馬の目の奥をじっとのぞき込んだ。嘘《うそ》いつわりはそこにないように思えた。

「それが兄のためになるのならば」

父が遺《のこ》したものに流されるまま生きているかのような、今の暮らしに不足はない。

しかし、不満はある。このままでよいのかと、うっすらとした不安が日増しに濃くなるようにも感じる。

千紘はもう、子供ではいられない年だ。勇実はなおのこと、確かな道を歩んでいなければならない年だ。

今のままでよいのか。勇実に問いたい気持ちが、千紘にはある。もしも勇実に答えが出せないのなら、琢馬の示す道が一条《いちじょう》の光となるかもしれない。

「千紘さん、今日この後、勇実どのとお話ししに行ってもよろしいでしょう?」

琢馬の問いに、千紘は深くうなずいた。

手習いのおしまいの時間が来るまでずっと、百登枝の筆子たちは、そわそわしどおしだった。

「千紘先生、本当にあのかたとは何もないの」

「何もって何ですか。尾花さまは、わたしの兄に用があっていらっしゃったの」

「それじゃ、勇実先生のところへ行けばいいのに、どうして千紘先生を訪ねてきたのよ」

「兄のところには昨日、お話にいらしたわ。でも、兄がのんびりしているものだから話が進まなくて、今日はわたしのところに来られたのです。下ごしらえをするために」

下ごしらえという言葉に、百登枝は口元を隠して笑った。

「千紘さんったら。嘘のない言葉を使えばいいというものではありませんよ。悪いお話ではないのでしょう？」

「はい。むしろ、うまくいきすぎているほどのお話です」

「勇実さんが堅実に励んでこられたことが認められたのですね。素晴らしいではありませんか」

琢馬は今、あずまやで千紘を待っている。千紘は心苦しかったが、琢馬は薄い帳面と矢立《やたて》を取り出した。時を潰す道具はあります、道楽で歌を詠《よ》むもので。そう告げるときの琢馬は、少し照れた顔をした。

筆子たちはすっかり琢馬に気を取られ、ちっとも集中していなかった。それでもそれなりにきりをつけ、今日の手習いを終えて帰っていった。

百登枝は千紘を早めに切り上げさせた。まだ片づけが残っていたが、千紘も今日ばかりは百登枝の厚意に甘えることにした。

ばたばたと帰り支度を整えた千紘は、あずまやの様子を目にし、まず呆《あき》れた。そして、慌ててあずまやへ飛んでいった。

「あなたたち、帰ったのではなかったの」

琢馬は筆子たちに囲まれていた。おませな女の子たちは頰を染めつつも、あれやこれやと琢馬を質問攻めにしていたのだ。琢馬はろくに歌を詠む暇《ひま》もなかったに違いない。

桐は、いつになく目をきらきらさせていた。

「千紘先生、聞いた？　琢馬さま、まだお嫁さんがいないんですって」

琢馬は柔らかく微笑んだ。

「二十八にもなって、情けないでしょう」

お江とおユキも口々に言い募《つの》った。

「そんなことない。二十八って、ちょうどいい塩梅の年頃だって、あたしの姉さんが言ってた」

「そうそう。男の色気が出てくる年頃なのよ。役者だったら、切れ味と艶《つや》が出揃う頃なの」

千紘は頭を抱えた。

「あなたたち、おやめなさい。尾花さまは武士よ。役者だなんて」

お江は止まらない。もっと早口になって千紘に詰め寄った。

「でも千紘先生、琢馬さまって、本当に役者みたいじゃないですか。格好よくて、粋で艶っぽくて。武士っていう堅苦しいものではない気がするもの。ねえ、おユキちゃん、桐ちゃん」

筆子たちが思い思いのことをさえずるのが、千紘には恥ずかしくてたまらない。

琢馬のほうは涼しい顔だった。生意気だったり失礼だったりする言葉にも優しく応《こた》えてやる。夢見る娘たちは満足し、頬を上気《じょうき》させて帰っていった。

「もう、あの子たちったら。尾花さま、本当にごめんなさい。お気を悪くされていません？」

「いいえ、ちっとも。かわいらしいお嬢さんたちですね」

女に囲まれることに慣れているのだろうか、と千紘は勘繰《かんぐ》った。武士らしい振る舞いを身につけてまだそう長くないと、先ほども言っていた。それより前はずいぶん派手に遊んでいたのかもしれない。

千紘はあれこれ思い巡らせた。それが顔に出てしまったのだろう。琢馬は、ばつが悪そうに苦笑した。

「相手は、自分の年の半分にも満たないお嬢さんたちですよ。気にするほうが大人げないでしょう」

「尾花さまは二十八とおっしゃいましたっけ」

「ええ。おじさんですよ」

「おじさんだなんて。それはありません」

「おっと、それはちょっと困りますね。男は、若く見えると舐められることがあるのですよ」

琢馬は冗談めかしてくすくすと笑った。

西に傾き出した日差しがきつい。

琢馬は半歩先に立って歩いていく。時折、千紘のほうを振り向き、まぶしげに目を細めて、暑いですねなどと、他愛もない話をする。

琢馬の背丈は、勇実と同じくらいだろう。肩幅だとか、二本の刀の高さだとか、背格好は勇実と近いはずだ。しかし、後ろ姿はまったくもって似ていない。

ふわりと麝香の匂いがする。武士でありながら、琢馬はひどく洒落ている。役者のよう、と表した筆子たちの言葉は、千紘も得心するところだ。琢馬のような男は、千紘の身近にいない。

やがて白瀧家の門前に至ると、琢馬は聞き耳を立てるそぶりをした。

「さて、勇実どのはご在宅でしょうか」

「兄はまだ手習所のほうでしょう。いつものことですけれど」

「昨日もこの刻限にはまだ筆子が残っていましたね」

「白太ちゃんですね。あの子、兄の手習所に来るまでは、どこに通っても長続きしなかったそうなんです。字を覚えることが苦手で、幾人ものお師匠さまに見放されてしまったのですって」

「そんな扱いの難しい子を、勇実どのが変えたのですか。最後まで居残って学ぶほどの熱心な筆子に」

千紘はため息をついた。

「正直なことを申し上げると、兄の何が筆子たちを変えるのか、よくわかりません。兄自身は、ぐうたらな人です。朝も弱いので、筆子たちから毎朝のように叱られています。それでも、子供たちは兄を慕《した》う。不思議なのです」

「千紘さんは勇実どののことがお嫌いですか」

「いいえ。決してそんなことはないつもりなのです。ただ……」

「こうあってほしいと望むとおりの兄ではない？」

千紘は急《せ》き込んでうなずいた。

「そう、そうなのです。先ほども申したとおり、じれったいのです。わたし、わがままなのかしら。兄を嫌っているのではないのです、決して。兄の世話を焼くのが嫌なわけでもないのです。ただ、本当に、じれったいだけ」

「もっと大きなことができるはずの人なのに、爪を隠すばかりの鷹《たか》なのですね」

「黙っていてくださいね。こんなこと、兄には言えない」

琢馬はとろけるような笑みを作った。

「わかっていますよ。内緒にしておきます。私も千紘さんのじれったさがわかる気がしますから」

千紘は琢馬を見上げた。

ふと、門のくぐり戸が開いた。勇実かと思って、千紘は息を呑んだ。すぐにその肩の力を抜く。

仏頂面《ぶっちょうづら》で立っていたのは、木刀を担《かつ》いだ龍治だった。

「お客さんかい。そんなところでの立ち話は、外聞《がいぶん》がよろしくないぜ。どんな噂が立つか、わかったもんじゃねえ」

千紘は内心、どきりとした。それを隠すと、語調が強くなった。

「龍治さんこそ、お客さまをお迎えする態度ではないでしょう」

「そりゃあ、失礼いたしました。門下生に聞いて、様子を見に来たんだよ。見知らぬ男が千紘さんと表で話をしているってな」

「昨日もいらしたお客さまよ。尾花琢馬さま。昨日は酒井さまと一緒に、道場のほうにもごあいさつしていらっしゃったはずだけど」

「俺は行き違いになったんだよ。どうも初めまして。昨日で話は済んだんじゃな日頃の愛想《あいそ》のよさもどこへやら、琢馬を前にした龍治は、つっけんどんだ。千紘ははらはらしたが、琢馬はさして気に留めるふうでもない。

「初めまして、矢島龍治どの。お噂はうかがっていますよ」

「どんな噂だか。それで、今日は何の話だ」

「昨日の続きと申しましょうか。もっと打ち解けた話をしたいと思いましてね。昨日は酒井さまがいらしたから、勇実どのも私も、互いに遠慮するところがありました。千紘さんとはほとんど話ができませんでしたし」

「だから今日も来たってのか。わざわざ千紘さんを迎えに行ってまで」

「さようです」

龍治は千紘に向き直り、ずいと一歩踏み込んできた。

「こいつのやっていること、おかしいだろう。そう思わなかったのか、千紘さん」

「おかしいって?」

「勇実さんと話をしたいと言いながら、千紘さんを巻き込むのかよ。しかも、百登枝先生のところにまで押し掛けてさ。千紘さんはなぜ平気な顔をしているんかったのかい」

だ」

「なぜと訊《き》かれても」

「相手が物腰の柔らかな伊達男《だておとこ》だからか」

「そんな言い方はないでしょう。龍治さん、おかしいわよ」

「おかしかねえよ。とにかく、門の表で深刻そうな話をするのはよしてもらえるか。変な噂が止められなくなるぞ」

千紘は戸惑った。

「龍治さん、まるでわたしの兄のようなことを言うのですね」

「兄か。そうかもな」

吐き捨てると、龍治はぷいと背を向けて、門の内側へ引っ込んでいった。

琢馬はなおも気分を害することなく、くすりと笑った。

「正直な人だ」

「ごめんなさい。何だか機嫌が悪いみたいで」

「いえ、矢島どのが正しいと思いますよ。あんなふうに正直な人は、私も嫌いではありません」

「そう言っていただけると、ほっとします。龍治さんはほら、わたしにとって、もう一人の兄のような人ですから」

「兄、ですか」

琢馬は含み笑いをした。嫌いではありませんよ、と念を押すように言った。

四

勇実の幼い頃の記憶を紐解《ひもと》くと、屋敷の中に父の姿はない。源三郎という名であることは知っていた。何でも知っている母が教えてくれたからだ。

千紘が生まれるより前から、勇実は庭で剣術の稽古を始めていた。自分では格好よく竹刀《しない》を振るっていたつもりだった。数を上手に数えることもできるようになったので、一、二、三、と元気よく声を上げて素振りをした。

日なたの庭から縁側を振り向くと、母が何かを読んだり繕《つくろ》い物《もの》に精を出したりしていた。部屋の奥のほうにはお吉がいて、やはり何か手を動かしていた。勇実が呼べば、二人とも顔を上げ、微笑んでくれた。

「やれやれだ」

勇実はつぶやいた。

昨日、琢馬がやって来て源三郎の昔の話をしてからというもの、どうも昔のことばかり思い出してしまう。元気があり余っている筆子たちの相手をするのが、今日はやたらと大変だった。

白太が道具の片づけをしている。これで今日の手習いはしまいだ。勇実は、ほっと息をついた。

ちょうどそこへ龍治がやって来た。

「よう、勇実さん。そろそろお開きかい」

龍治は、縁側に腰を下ろしたかと思うと、背中を丸めて頬杖《ほおづえ》を突いた。鼻に皺を寄せ、下唇《したくちびる》を突き出している。まるっきり、いじけた子供のような顔だった。

「どうかしたのか」

「いや、別に」

「何かあったんだろう。いつになくご機嫌斜めじゃないか」

「ご機嫌斜めだけどさ。まあ、俺がいらいらする筋合いじゃねえんだよな。ここに居座ってもしょうがねえか」

ぶつくさとつぶやいて、龍治は立ち上がった。どうしたのかと重ねて問う勇実に、龍治はひらひらと手を振って、道場へ戻っていった。

龍治と入れ替わりで、来客が訪れた。

勇実は目を見張った。

「尾花どの」

まさか今日も来るとは思っていなかった。

琢馬はやんわりと微笑むと、いきなり頭を下げた。

「まずはお詫《わ》びを申し上げないといけません。先ほど、矢島どのにも叱られました。千紘さんが働いておられる手習所に押し掛けてしまいました。どうしても話をしたかったもので」

「話というのは、千紘とですか」

「いいえ、勇実どのと。千紘さんのところへ先にうかがったのは、まあ、下ごしらえのためですね。千紘さんがどのように考えているのか、聞いておきたい気持ちがありましたから。千紘さんからは許しをいただきましたよ。勇実どのとお話をすることの許しを」

はあ、と勇実は間の抜けた返事をした。

ちょうど道具の片づけを終えた白太が、ぱっと顔を輝かせた。

「昨日の、まつむしの！」

「こんにちは。今日も励んでいたんだね」

白太は嬉しそうにうなずくと、始終大事にしていた紙片を取り出して、琢馬のところへ飛んでいった。

「これ」

白太が琢馬の前に突き出したのは、絵図だった。

「これは……」

さすがの琢馬も、とっさに言葉を失った。いきなりでは面食らうだろう。描かれているのは、まつむしだ。真上から見た姿が三匹ぶん、行儀よく並んでいる。

白太の絵図は特別である。あまりに緻密《ちみつ》で正確で、まさか十一の小柄な子供が描いたものとは思えない。

勇実は白太のすぐ後ろに立ち、華奢《きやしや》な肩に両手を載せてやった。白太は勇実を見上げ、にこにこした。勇実は琢馬に言った。

「すごいでしょう。白太は昨日の三匹のまつむしの特徴を覚えていて、それをもとにこの絵図を描いたそうです。なあ、白太。いちすけは脚が長くて、黒っぽい色をしていたんだな？」

白太はうなずいた。琢馬の手元の紙を指差し、たどたどしく口にする。

「にぞうは、ぶち猫みたいな模様。体が丸いの。さんぺいは、頭がちっちゃくて尖《とが》ってた。羽も、ちょっとぎざぎざして尖ってた」

いちすけ、にぞう、さんぺいと書いた文字は大きさもばらばらで、筆遣いも拙い。ところが、まつむしの絵図は一転して、滑《なめ》らかな線で描かれている。白太の言うとおりの特徴が、三匹とも、はっきりと見て取れた。

言葉もなく絵図に見入っていた琢馬は、ようやくふわりと微笑むと、腰を屈《かが》めて白太と目の高さを合わせた。

「もしよかったら、これを私に売ってくれないかな」

白太はぽかんと口を開けた。勇実が代わりに問うた。

「売ってくれないかなとは？」

「本当によく描けていますから。実は昨日、我が家の下働きの者がうっかりして、虫籠の名札を紛失してしまったのです。三匹の名がわからなくなって、困っていました。しかし、この絵図があれば、どのまつむしが何という名か、見分けることができそうです」

琢馬は白太の目を見て、噛《か》んで含めるようにゆっくりと言った。ぽかんとしていた白太の顔が、喜びでいっぱいになっていく。

すきっ歯を見せて笑った白太は、はたと気づいたように真顔になって勇実に訊いた。

「いいのかな」

「お金を受け取ることか？」

「おいらなんか、のろまなのに」

「白太、自分のことをのろまと言うな。おまえが描いたまつむしは、すごいよ」

たちまち白太は笑みを取り戻した。琢馬は袂《たもと》から財布を出し、小銭を白太に握らせた。

「少ないけれど、これでどうだろう？」

開いた白太の掌《てのひら》に載っていたのは、十六文だった。

ちょっと遠くから通ってくる白太は、家が版木屋を営《いとな》んでいる。父は版木彫《はんぎほ》りの職人で、母がそろばんを弾《はじ》いて店を回しているのだ。かけそば一杯ぶんの小銭は、小遣いとして高くも安くもあるまい。

白太は、大きく見張った目を輝かせた。口をぱくぱくさせるが、うまく声が出てこない。ようやくのことで、言った。

「おいら、このお足《あし》、宝物にする。お守りにして、ずっと持ってる。だって、とっても嬉しいんだ。おいらにも、お足を稼ぐことができるんだね。ありがとう」

屈託《くつたく》のないお礼を言われた琢馬のほうが、今度は驚いたようだ。貼りつけたような笑みが消え、真剣な顔になった。

装《よそお》いのない表情をした琢馬を初めて見た、と勇実は思った。

白太は、琢馬にもらった小銭を大事そうに懐紙《かいし》にくるみ、道具箱の底にしまい込んだ。何度も琢馬にお辞儀をして、弾む足取りで帰っていく。

二人になったところで、勇実は改めて琢馬に告げた。

「ありがとうございます。あの子のことをわかってやってくださって」

「わかってなどいませんよ」

「でも、あの子が喜ぶことをしてくださった。本当はまつむしの名札がなくなっても、さほど困るわけではないでしょう。虫好きの白太に合わせて、あんなふうに言ってくださいましたが」

琢馬は不意に、冷めた笑みを見せた。

「あの子を喜ばせることができたのは、たまたまです。私はあまり子供が得意ではありません。いえ、人が得意ではないというのが正しいでしょうか。人への近づき方がわからないのでね」

なるほど、と勇実は思った。得心がゆくところがある。

琢馬の近づき方は唐突だ。いきなり間合いに入られてしまい、勇実は戸惑った。琢馬は愛想がいいふりなどしているが、きっと、心の根っこのところでの人付き合いがうまくないのだ。

きっちりとまとめられた鬢のあたりを、琢馬は指先でいじった。少しだけ髪が崩れ、こぼれ毛が一筋落ちる。

「まつむしはね、父が急にほしがったのですよ。名札をなくしたことで下働きの者が折檻《せっかん》されたのも本当のこと。変なところで苛烈《かれつ》なのですよね、父は。しかし、今日はこの絵図のおかげで機嫌を取れるでしょう。あの額のお足では少ないくらいです」

「お父上はお厳しいのですか」

「厳しいと言いましょうか。出世のために必死なのですよね。昨日のまつむしも、自分が楽しむためのものではありますまい。きっと何かの企《くわだ》てのためでしょう。風流ではない。私もそちらに足を踏み入れてはいますが」

「ご自分では、本当はそうしたくない？」

琢馬は唇の両端を吊り上げた。

「今さら、後悔も何もありません。進むと決めたからには、誰より確かに進んでみせますとも。ねえ、勇実どの。あなたにはわかっていただきたいのです」

勇実はかぶりを振った。

「私には、尾花どののような生き方は向いていませんよ」

「やってみることもせずに、そうおっしゃるのですか。おかしな話ですね。なぜ今の場所にしがみつくのです？　あなたはお父上ではない。お父上が選んだ道をあなたが守らねばならないわけは、どこにありますか。あなたの望みが、今のあなたですか。流されているだけではありませんか」

琢馬の語調はあくまでも柔らかい。刃も棘《とげ》も見せぬまま、じわじわと押し包んで逃げ場を奪うかのように。

そう感じてしまうのは、勇実の中に同じ問いがあるからではないか。勇実の中にあるそれが刃と棘を持っているからではないのか。

勇実は言葉を探した。

「尾花どののおっしゃるとおり、おかしな話かもしれませんね。筆子たちには、己の望みを見よ、己の道を持てと説いて、格好をつけているというのに」

勇実自身は何も見ていない。選んでもいない。気がついたら、ここにいた。それだけだ。

千紘は自分で選んでいる。百登枝の手習所に手伝いに出るのも、勇実の代わりに書物問屋との連絡役を担《にな》うのも、自分が動きたいと望んだからだ。そうするのだと宣言して外へ出ていく妹を、まぶしく見たのはいつだったか。

龍治が自分の道を行き始めたのはもっと早かった。幼く体が小さかった頃から、道場でいちばん強くならねば父の跡を継げない、弱いままでは自分が許せないと、鍛錬《たんれん》を重ねてきた。きっぱりと、その道だけを走ってきたのだ。

押し流されるままにここにいるのは、勇実だけだ。

しかし、と勇実は声に出して確かめた。

「それでは今度は尾花どのに言われるままにそちらへ行っても、私は何も変わっていない。流されるだけで、自ら選ばないままだ」

「違いありません。では、出世の道にそそられないのはなぜです？　それをうかがいたい。お父上がその道を拒《こば》んだからというのは、答えになりませんよ」

勇実は苦笑した。

「追い詰めてきますね」

「ご自分で追い詰めたことは？」

「ありません。だって、考える必要もないことでしょう。出世の道というものは、一度閉ざされれば、どんなに望んだって、絵に描いた餅《もち》ですから」

「勇実どのは本当に正直ですね。危ういですよ。力がありながら駆け引きのできない人は、食い物にされます」

「あなたも私を食い物にしたいお一人ですか」

「まさか」

琢馬は笑った。笑い声は乾《かわ》いている。芝居がかっているようにも感じられた。

ふっと琢馬は笑いやんだ。白太の描いた絵図を丁寧に畳み、懐紙に包んで袂に落とし込む。指先の動きが、武士らしからぬほどにたおやかで美しかった。

勇実は、思ったままの言葉を舌に載せた。

「申し訳ない。今日すぐに選ぶことはできません。明日からいきなり役人になると言えば、筆子たちが困るでしょう。白太はお察しのとおり、まだまだ拙い。せめてあの子が虫の名前を書けるようになるまでは、面倒を見なければと思っています」

声に出すうち、それこそが己の本心だとわかってきた。大それた望みを持っているわけではない。ただ、ささいな望みがいくつもある。それらを叶《かな》えるために、今は、父の遺した手習所を続けなければならない。

琢馬は、腕をだらりと落とした。白太の絵が重たくてたまらないかのようだった。

「そうですか」

「ご期待に添えず、申し訳ない」

琢馬は改めて微笑んだ。

「ひとまず、わかりました。ですが、私はあきらめませんよ。あの白太という子が虫の名を覚えた頃、またお誘いに来ます。そのときのために、答えを用意しておいてください。また来てよろしいでしょう？」

勇実は、どう答えるべきか少し迷い、困惑しつつ言った。

「ええ。次に来たときも白太ともお話ししてもらえると、あの子が喜びます」

琢馬はうなずくと、微妙な表情を見せた。

「朋輩がほしいと申しましたが、あれだけは本当です」

微笑もうとして失敗しているような、曖昧《あいまい》で正直な表情だった。

「お帰りですか、尾花さま」

千紘は木戸のところで様子をうかがっていた。声は聞こえなかったが、たまに笑いながら話をする二人の姿は見えていた。

琢馬は袂に触れ、微笑んだ。

「またうかがう約束を取りつけました。白太という子にもよろしくお伝えください。よい買い物をさせていただきましたから」

ふわりと微笑んだ琢馬は、白瀧家の縁側に手を振ってみせた。ふてくされた顔の龍治は、縁側に胡坐《あぐら》をかいて木刀を抱えていたのだが、ぷいとそっぽを向いた。

千紘は琢馬を見送って、門の表まで出た。

立ち去り際に、琢馬は、己に言い聞かせるようにつぶやいた。

「道を選ばなければならないときというのは、あるのですよ。居心地のいい場所が本当の己の居場所であるとは限らない。私は、今の自分を選んだことに悔《く》いなどありませんが」

「兄は、はっきりしたことは答えなかったのですね」

「まだしばらくは手習所の師匠でいたいとのことです。本当にそれでよいのか、また日を改めて、尋ねてみますよ」

では、と会釈《えしやく》をして、琢馬は千紘に背を向けた。
歩き去っていく後ろ姿から、麝香の甘い香りがした。

双葉文庫

は-38-01

拙者《せつしや》、妹《いもうと》がおりまして❶

2021年 6 月13日　第1刷発行
2021年11月10日　第3刷発行

【著者】
駄月基矢《はせつきもとや》

【発行者】
箕浦克史
【発行所】
株式会社双葉社
〒162-8540 東京都新宿区東五軒町3番28号
［電話］03-5261-4818(営業部)　03-5261-4833(編集部)
www.futabasha.co.jp(双葉社の書籍・コミックが買えます)
【印刷所】
中央精版印刷株式会社
【製本所】
中央精版印刷株式会社

【フォーマット・デザイン】
日下潤一

ISBN978-4-575-67058-5 C0193
Printed in Japan